JN042636

定年後の作法

林 望
Hayashi Nozomu

ちくま新書

1537

定年後の作法【目次】

はじめに——定年後は「コ」をおそれない

定年を迎えてであれ、あるいは定年になる前に早期に退職してであれ、会社や役所などの組織を離れたときに、まず受け入れなくてはいけない一番大きな変化は、「コ」の生活のありようです。

「コ」は、個人の「個」であり、孤独・孤立の「孤」でもあります。

今の若い会社では、もとより終身雇用という意識もずいぶん希薄になり、また働きかたも、職場の環境デザインも、トップの人たちの人間観も、以前とはがらりと変わりつつあって、いわば「個人の集団としての会社」という意識が主流になってきたように観察されますが、私ども団塊の世代はもとより、いまこれから定年になろうとしている世代の人たちの時代は、まだまだそうではありませんでした。

思い出してみてください。学校を卒業して会社に入るということは、男だったら、まずは一生をその会社に「捧げる」という決意であり、女だったら、結婚で退職するまでの居場所、というような意識が大半であったように思います。私ごとで恐縮ながら、私の妻は、大学を出てから富士銀行の本店に勤めていたのですが、就職から二年後に、私との結婚が決まると、いわゆる「寿《ことぶき》退社」ということで、さっさと会社をやめて専業主婦になってしまいました。そういう生き方は、現代の女性ではほとんど考えられないことかと思いますが、私どもの若かった昭和の御世には、まだまだそんな考えが主流で、男女共同参画などということは、ほとんど意識されたことがありませんでした。まことに隔世の感というのはこれであります。

そこで、男たちは、なにはさておき会社の空気に同化して生きること、あるいは会社的価値観を自分の人生観よりも優先して生きることを余儀なくされ、その結果として、それから何十年という長い年月を、職場で孤立しないことを願い、自分だけがなにかのプロジェクトに参画させてもらえないことを恐れて、生きてきたかもしれません。

そういう人生観によって生きてきた人たちは、定年後に組織から離れることは、どこか恐ろしい思いを抱いていたかもしれません。なにしろ、どこにも所属していないということになると、そこに「孤立」した自分を想定しなくてはならない、それはたしかに未知の恐怖を感じることがどこか避けられない、ということだったかもしれません。

しかし、定年後、何より大事なことは、この「孤立」を恐れない心です。

いや、「孤」であることを恐れると、勢い誰かとつるみたくなる、誰かに寄りかかりたくなる、なんてことがある。けれども、それは禁物。「孤としての生き方」とは誰ともつるまず、誰にも寄りかからず、一人ですっくりと立っている生き方にほかなりません。

会社組織を離れて、家に帰ると、こんどはそこで、たとえば妻に寄りかかりたくなる、そういう人もきっとすくなくない。でも、その寄りかかられるほうの妻の立場になってみれば、それは「望まない負担」を負わされるということかもしれませんね。そこをよくよく考えておかなくてはいけません。無条件に、定年後は妻と一緒にずっと……なんてそういう考えは、かなり甘い。

会社や組織から離れたからといって、別に絶海の孤島で暮らすわけではありません。しょせん、人はそれぞれ個人としての人生を生きるのであって、たまたま会社や組織にいるときは自分の人生の一部を組織に売り渡して、その代価として給料を受領していただけだと、まずはそのように観念してみましょう。すると、会社人間的な日々のなかにも、会社とは関わりのない「個（孤）」の部分があったはずです。それは趣味の世界かもしれない、帰宅後に独り勉強しているなにかであったかもしれないと人さまざまですが、そんな「個（孤）」の部分が皆無であったという人は、むしろ珍しいことであろうと想像されます。

とすれば、会社の桎梏《しっこく》を離れた定年後は、むしろ誰に遠慮することなく、その「非会社的時空」に専念して、一人で立っていけることを喜ばしく思い、肯定的に捉えるということがまずはもっとも大切なところです。

第一章
孤立を恐れないと覚悟を決める

好かれる人になるためには

「孤立」するということについて、しかし、ここで注意しなくてはならないのは、孤立には「名誉ある孤立」と「不名誉な孤立」があることです。

「名誉ある孤立」は、他の組織や他人によりかからないという「生き方」を、誰に強制されることもなく「自分で」決めることから出発します。しかし、「不名誉な孤立」は、人から嫌われる、のけものにされる、ということです。同じ孤立でも、みんなからは好かれているけれど、でもこちらからは誰にもつるんでいかない、そういう孤立と、みんなから嫌われて、のけものにされた結果としての寂しい孤立とでは、まさに天地雲泥の差があります。

どうせなら「名誉ある孤立」を目指そうではありませんか。

そのために何より大事なのは、自明のことですが、まずは「人に嫌われない」ことです。

では、どんな人が嫌われるのでしょう。

人間世界は「感じの良い人」と「感じが悪い人」の二種類しかない

人間には「感じの良い人」と「感じが悪い人」の二種類しかいない、その中間はない、というのが私のかねてからの持論であります。そこで、「感じの良い人」は他人から好かれ、「感じが悪い人」は人に疎まれ嫌われる、この当たり前の現実から、よく考えてみなくてはなりますまい。

まず、最も嫌われるのが、上から目線で偉そうにものを言う人です。じっさい、私のようにあまり組織に従属しない人生を送ってきた人間から見ると、たとえば会社での地位とか、社会的な選良意識とか、そういうものにこだわり、また現実に一流大学を出てエリート意識を鎧のように身に纏《まと》って、長いこと組織に属して、また出世も遂げた、というような人には、とかくこの「上から目線」が著しい。日本人は、年齢の長幼によって上下意識を持つ傾向が顕著ですから、私などは見た目が実際の年齢より若く見えるということもあって、組織のなかで偉くなった人からは、とかく偉そうにされるという経験をずいぶんしてきました。おそらく、女性の場合などは、そのような、男が無意識に放射してくる「俺は偉いんだぞ」光線に辟易《へきえき》した人も多いに違いありません。なにぶん、そういう人はとかく男尊女卑的で、男のほうが偉いのが当然だと思い込んでいるものです。

そこで、感じのいい人になるためには、まずはなによりも、いばったり、上から目線でものを言ったり、要らざる蘊蓄《うんちく》を傾けたり、というようなことを、自らよほど抑制しなくてはいけません。いいかげんふんぞり返ったような態度で、「飲みに行かないか」とか、「お茶くらいどう?」などと言われても、それはご遠慮申したいというのが、若い人たちの当然の反応であろうと思います。

テレビのコマーシャルで、若い人たちが、なにか楽しくお喋りの会をしているところに、上役らしい男が通りかかって、「招《よ》ばれてないけど……」と「にこやかに」声をかけると、若い女性が「招んでません」と、さっくり答えて上役男を切り捨てるというのがありましたが、あれは、そういう現代の人間関係を見事に穿《うが》っていて、たいへんに批評的な意味のあるコマーシャルでした。

つまりは、そんなふうに、招ばれてもいないのに、ついつい人に寄りつきたくなる気持ちを、まずは御破算で願いまして、すっきりと清算してしまわなくてはなりません。

自分の心に問いかけてみる

ところで、「自己評価は必ず他人の評価を裏切る」という心理学上の法則があります。つまり、自分を「親切な人間だ」と思っている人が実際に親切だったためしはなく、逆に「自分は意地悪だ」と思っている人は実は意地悪ではないということです。

仮に、自分が意地悪な人間だという自覚を持っている人がいたとすれば、その人は、なるべくそうしないよう心がけるでしょう。自分を意地悪だと思う自我は、すぐれて自省的であるはずだからです。したがって、そういう自省心がある人間は意地悪にはなりません。

ところが、またたとえばほんとうに意地悪な人間は、まさか自分が意地悪だなんて思っておらず、むしろ親切だくらいに思っているから、余計なお節介をしたり、人の行動にとやかく批判をしたりして、そういう行動そのものが、他者の目からみれば、「あいつは意地悪い」というふうに映るわけですから、結果的に、こういう「自分は親切」と思い込んでいるような人は、絶対にその意地悪な性格は治りません。

同じ原則で、「僕はネクラでね」という人にネクラの人はいない。反対に、ほんとうにネクラの人は、却っていたずらに座を盛り上げようと、空回りの悪ふざけをしたりして、そのネクラなる本性が見えてしまう結果になったりもします。

あるいは、えらそうに自分の意見を押しつけてくる人も、まさか相手が自分のことを煙たがっているとは思わず、「親切でアドバイスしてあげている」と思っているわけですから、したがって自分が偉そうにしているとは思ってもいない。

人間の心はまことに不思議であります。

だからまず、自分はどうなんだろうと、虚心坦懐《きょしんたんかい》に自らの心に問いかけてみるところから始めなくてはなりません。

「仏五左衛門」にみる人の良さ

芭蕉の『奥の細道』に仏五左衛門《ほとけござえもん》という人物が登場します。三月三十日、日光の麓のところです。

「卅日《みそか》、日光山の麓《ふもと》に泊《とま》る。あるじの云《いひ》けるやう、

「我名《わがな》を仏五左衛門《ほとけござゑもん》と云《いふ》。万《よろづ》正直を旨とする故《ゆゑ》に、人かくは申侍《まうしはべる》まゝ、一夜《いちや》の草の枕も打《うち》解《とけ》て休み給へ」
と云《いふ》。いかなる仏の濁世塵土《ぢよくせぢんど》に示現《じげん》して、かゝる桑門《さうもん》の乞食順礼《こつじきじゆんれい》ごときの人をたすけ給ふにやと、あるじのなす事に心をとゞめてみるに、唯《ただ》無智無分別にして正直偏固《へんこ》の者也。剛毅木訥《がうきぼくとつ》の仁に近きたぐひ、気稟《きひん》の清質、尤《もつとも》尊《たふと》ぶべし」

日光では、芭蕉は麓の村の貧しい宿に泊まります。その宿の主《あるじ》は、正直にまじめに暮しているところから村人に「仏五左衛門」と呼ばれて尊敬されていたというのです。そこで「いったいどんな仏様がこの汚れた俗世にお姿を現して、自分ごときの貧しい順礼の者をお助けくださるのだろう」と興味を持って、彼の振るまいを見た……すると、無学でなんの分別も無いような人物だけれど、ただただ正直一辺倒の人柄で、つまりこれは、あの『論語』子路《しろ》篇に「子《し》曰《のたまは》く、剛毅木訥は仁に近し」（人としてもっとも望ましい性格である仁は、いかなるものかということについて、孔子先生は、こう言われた。剛毅すなわち物欲に屈しない強靭な心を持ち、また質朴でなんの飾り気もない、そういう人が「仁」という徳に近いのだ、と）と言ってあることの好例かもしれぬ。されば、「気稟の清質、尤尊ぶべし」、つまり、『大学』の朱子の序に「気質の稟たること或いは斉《ひと》しきこと能《あた》はず」（すべての人が仁者聖人ではないのは、その生まれつきの気質がどうしても斉一ではないからだ）とあって、その生まれつきの気質が清らかなものは聖人に通じるのだから、もっとも尊ぶべきである、とこのように述べてあることを下敷きにして芭蕉は書いております。つまるところ、この五左衛門は、『論語』『大学』に見える聖人に通じる清らかで朴訥な人柄だと、こう芭蕉が評価したというわけです。

ここから分ることは、人として「感じがいいなあ」「この人は好感がもてるなあ」というふうに感じる、いいかえれば、「好かれる人・良い人」というのは、別に勉強をうんとしたからそうなったのではないし、読書をたくさんしたから偉いのでもない。むしろ性格がしっかりしていて、飾るところがない、偉ぶるところがない天然の性格、そういうのはだれにも好かれる人格だというのです。万巻の書を読破して博覧強記だとか、成績抜群でエリートコースまっしぐらとか、そんなことでなくて、むしろ清らかな、飾り気の無い人柄こそが大切だというのですから、人に好かれるためには、どうかこういう人物を目指したいものです。

自省心と自制心の両方が大事

つまるところ、ざっとおおまかに申しますなら、好かれる人というのは、たいてい親切で感じのいい人です。無口かおしゃべりかなんて関係ない。無口な人でも一緒にいるとなんだかほんのりとしてきて、ふとした時に心にしみることを言ってくれる。そんな一緒にいて心が温かくなる人が、感じがいいと言われるわけです。けれども同じ無口でも、むっつりとしていて何を言ってもろくに答えが返ってこないような嫌な感じの無口もいます。一方で、おしゃべりな人であっても、朗らかでこちらが楽しくなるようなおしゃべりはいいのですが、あの人にしゃべらせると自分のことばかり話して、ちっともおもしろくないという人もいます。

「沈黙は金」などと言って、あたかも寡黙なことが人徳の指標みたいに言いそやす向きがないでもないのですが、そんなのは俗論です。亡くなった私の父雄二郎は、とても話し好きで、言うべくんばおしゃべりな男でしたが、その話術はいつも、人をどうやって楽しませようかという心がけに満ちていて、父のいるところは、つねに笑いが絶えない、そんな人柄でした。だから、父は生前、ずいぶん多くの人に好かれていたと思います。

そこで次に、感じのいい人間でありたいと思うなら、自分が話している時に人がどう反応しているかを意識しつつ話す方がいい。

たとえば、人に何かアドバイスをしたとします。もしも自分が相手にとって感じがいい人だったら、そのアドバイスはたぶん聞き入れてもらえるでしょう。

けれどもまた、たとえそのアドバイスが聞き入れてもらえなかったとしても、だからといって怒ってはいけません。そのときには、もしかしたら自分の言い方がまずかったのかな、とまずは自分を省みて、しょせん、自分はこの人にとって役立つことは言えなかったにちがいないと観念して、それ以上は踏み込まない。

そういう自省心と自制心の両方が大事なのです。

また、自分のやっていることが、もしかしたら「親切の押し売り」になってやしないかと、そう顧みる必要もあります。世に「小さな親切、大きなお世話」なんて冗句があるように、必ずしもこちらの善意の助言が相手にとって有益とは限らないのです。

だから、頼まれたことについては期待に応えられるようせいぜい真摯《しんし》に力をつくして対応する。だけれども、自分の考えを正直に伝えたあとは、相手の判断や個人的なテリトリーに踏み込むのは思いとどまったほうがいい。それはいわば、余計なお世話、つまり「差し出たこと」なので、まずはそこでぐっと踏みとどまることが肝心です。

「程の良さ」ということ

会社は自制心よりも、いかにして業績を上げるか、いかにして相手を説得するか、ということが「力量」として評価されるわけですから、すぐに引き下がって傍観するというようなことでは、おそらく「有能な社員」とは認められなかったかもしれません。

が、これからの組織を離れた「個（孤）」の生活の中では、常に自省心とそれに基づく自制心が肝心のなかの肝心で、むしろ遠慮深くおずおずと進んで行くことが大事です。言い換えると、必要以上に他人のテリトリーに立ち入らない、あるいは相手の心に深入りする言行を遠慮する、そういった行動の規範を持つことが大切です。

こういうのを、江戸時代の言葉では、「程の良さ」と申しました。夫婦であっても、過剰に濃厚密着するのでなくて、適切な空間を保つこと、お互いの生き方に、過剰に踏み入らないこと、それが夫婦円満の秘訣でもあり、これを私は「息の間」と言っています。

だから、寝ても覚めてもべったりなんてのが仲良しの夫婦だというわけでなくて、反対に、適切に距離を持って、互いの自主性を認めあい、重んじあうなかで、そういう「程の良さ」を保ちつつ、相手に親切に、尊敬を持ちあう、そんなのが良い夫婦だろうと思うし、また友人関係でもそれは同じこと、過剰に踏み込んで価値観を押し付けたり、相手に依存したりしないという、この「程の良さ」こそが、感じのいい人になるためのもっとも大切な条件です。

世の中の役に立っている人、人から尊敬されている人というのは、常にそういうことを考えながら行動していると思います。逆にいえば、みんなから嫌がられる人、疎まれる人、不名誉な孤立を余儀なくされる人というのは、そんなことを考えもしないで、無神経に人の心に土足で踏み込んだり、自分の価値観を上から目線で押し付けたりする、そういう人間なのだということです。

夫婦はそもそも別の人間

そこで、こんどは夫婦関係について、もうすこし詳しく腑分《ふわ》けをしていくことにしましょう。

上述のごとく、「程の良さ」が必須であるのは、何も会社や組織といった社会空間だけの要件ではなく、家の中でも同じです。

ちょっと以前は、夫が働き、妻は専業主婦というようなのが標準の形でしたが、今はさすがにそんなことはなく、夫と妻は別々の組織に属して働くというのが普通です。また、共同で会社を経営するとか、力を合わせて店を営むというような御夫婦もあるでしょう。しかし、多くの夫婦では、夜になると一つ家に帰り、翌朝にまた別々の場所へ働きに行く、その繰り返しというのが、まあごく平均的な日常の姿で、その限りでは、平日には夫婦が濃密に時空を共有することもなく、したがって、価値観の違いや考え方の齟齬《そご》というような形のバッティングは起らないで来たかもしれません。

ところが定年になりますと、一日中家で顔を合わせている……となると、そこにあまりに接触が濃密すぎるがゆえの、さまざまなバッティング現象が起こってきます。

居間のソファに、一日亭主がふんぞり返っているのはウザイと妻のほうではウンザリとし、反対に、やれ電気を消せとか、洗濯物を放り出しておくなとか、食べ方が汚いとか、しょっちゅうカミサンの小言を聞かされるのは、亭主としてはたまらないとか、さまざまの問題が起こってきて、結果的には、夫はどうも家の中に自分の居場所がないという心地悪さ、落ち着かない思いに心屈《くっ》するということになりがちです。

しかしながら、もともと夫婦は別々の個人であって、決して「一心同体」なんてことはない。すなわち、「二心別体」。肉体性もまったく違えば、精神構造の根幹も男女では全然違っている、まずその前提から入らなくてはなりません。

夫婦だからといって、同じことを考え、同じ趣味を持ち、同じことを喜んだり悲しんだりするなんてことが当たり前なはずがありません。そんなことは、もとよりあり得ないのです。

そこでまず大切なことは、夫にとっての妻、妻にとっての夫が、いずれも「感じの良い人間」であろうと努力することです。

となると、まずは、お互いに威張らないこと。

それから、ひがまないこと。

さらに、むやみに怒ったり文句を言ったりしないこと。

乱暴、暴力なんてのは、論外のなかの論外です。

そうして、相手に何かを「やってもらおう」と思うのではなく、「やってあげよう」と思うことです。それは夫婦お互いに、です。しかも、「やってやる」ではなくて、「やらせていただく」というふうに何事も観念したら世の中は平和です。

概して、世の中の多くの夫は、「どうせ自分は料理ができないから」と、大威張りで、だから、うちに帰ってきたら妻の手料理を食べるのが当然で、それ以外はあり得ないなんて思っている。しかし、これは二重の誤りです。

自分ではやろうとせず、人に「やってもらっている」ことが第一の過ち。

自分ができないことを反省しないで「開き直っている」のが第二の過ち。

こういうことの長い年月に亙《わた》る積み重ねによって、やがて夫は家の中で居場所もなく、ひいては鬱陶しがられ、嫌われていく存在になるのです。

妻も自分と同じ「個」なのだと思い定めて、定年後はそれまでの夫婦の役割分担をいったんすっきりとご破算にして、夫婦二人で新たな受け持ちかたを考えていくべきだと、私は思っています。

夫と妻として、何十年と一緒に暮らしても、常に同じことを考えているわけではありません。いや、夫婦といっても最近は男と女とは限らず、男と男、女と女、などさまざまな形があることは承知していますが、まずは一般的な男と女の夫婦で考えてみると、そもそも男女の思考法には大きな違いがあって、そこはまさに、かつて野坂昭如先生が「男と女の間には、深くて暗い河がある」と歌ったように、どうしても根本的に違っていて、互いに解りあえないところがたくさんあります。

不思議なもので、女の人は子どもを産み育てるからか、自身の身辺二メートル以内のことに極めて精密な認知能力を持っているように感じます。それはもう、男にはとても及びもつかない能力です。自分が産んだ子どもに対して、もしやけがをしないか、どこかに行ってしまわないか、危ないことをしていないか、というような、無意識の認知能力が具わっているように感じます。

それを痛感したのは、はるか昔のこと。まだ小さかった私どもの子どもたちが庭で遊んでいて、私たち夫婦は居間にいました。そしたら、急に妻が「あっ、泣いてる」と言ったのです。私はまったく気がつかなかった。たしかに、そう言われてみると、庭で遊んでいた幼い娘が、転んだかなにかして、泣いていることに気づいたのですが、私は妻がそういうまで、まったくその声に気づきもしませんでした。でも、母親はパッと気づくわけです。

なるほど、男と女にはこんな認知機能の違いがあるのだなあと思いました。

結局、父親は自らの肉体を使っての授乳もできないし、母親の代わりになれないところもあるんです。その代わり、体格的なところや膂力《りょりょく》では男のほうが勝っていることが多いでしょう。だから、男女には本能的な、あるいは構造的な違いがあるということは認めなくては始まりません。なにもかもすべてを平等にというのは、しょせん無いものねだりではないかという気がします。違うことを互いに認めあって、その足らざるを補いあう、いわば補完的なコミュニケーションということが、男女・夫婦の間にはあるのが当たり前だと、私は思います。そういう意味でも、決して夫婦は一心同体ではない、二心別体だと、こう考えるわけです。

夫婦それぞれの「息の間」をつくる

いかに夫婦だからといっても、お互いがべったりもたれ合っているなんてのは、どうも感心しません。それでは、息苦しくなってしまう。

そうじゃなくて、仲はいいし、お互いに敬意を持ち合っているんだけれども、しかし、それぞれが「個（孤）」としてすっくりと立っている、そうありたいものです。仲が良いということと、個人として独立しているということは、一見すると相反しているようですが、実はそうではありません。個人として独立している者どうしだからこそ、お互いに敬意を持って、その結果として仲良く過ごせるのです。親しきなかにも礼儀あり、というのは、いわばそういうことを言う諺でもあります。

そうして、そのような洒落た大人どうしの関係を保つためには、独立の空間、独立の時間を、それぞれが持っていることが、なにより肝心なのだ、と私の奨める夫婦関係のキモは、まさにそこにあります。

それは、なにも定年後になってはじめて考えるべきことではありません。男女が結婚して一つの家庭を作り、またそれぞれが現役の組織人としてバリバリ働いている時から、そのように考え定めておくべきものだ、とそのように私は思います。

すると、どのように「住む」かということも、次に問題になってきます。

仮にいま、マンション住まいだとしましょうか。この場合、まあ間取りはどれも似たようなもので、そのコンセプトは、家の中心としての居間があって、夫婦の寝室があって、子どもがいる場合は、子供部屋がある、というようなことでの２ＬＤＫ〜３ＬＤＫなんてのが、現代の標準かもしれません。

しかし、私に言わせれば、そういうふうに家の中の部屋ごとの機能を固定して考えているという、そのマンション会社の設計思想そのものに問題があるし、またそういう設計をさせるところの、マンション購買者の意識にも大きな問題が伏在しています。

はたして、そういうふうに家の機能を単純化してしまっていいのだろうか、と私は疑っています。

　まず、どうして、「夫婦の寝室」というふうなコンセプトが牢固《ろうこ》として存在するのか、それが不思議です。なにも夫婦がいつも同じ部屋で寝る必要はないじゃないか、と私は思っています。いや、私のところは、もう何十年も夫婦別々の寝室に寝ていますが、なんの問題もありません。それだからといって、夫婦仲が疎遠になるでもなく、会話が絶えてしまうなんてこともまったくありません。

　そもそも、日本では、伝統的に夫婦は一緒の部屋で寝るものではありませんでした。同じ部屋で同じベッドに同衾《どうきん》する、なんてのは、いっしゅキリスト教的紐帯《ちゅうたい》を基本とする欧米的なコンセプトで、だからといって、欧米の夫婦が常に仲が良いわけもなく、離婚率などはかえってあちらのほうが高いことでしょう。

　まあ、江戸の長屋なんかは一間っきりないのでしたから、そもそも寝室なんてコンセプトそのものがありません。また武家屋敷などは、これまた殿方の部屋と内儀《ないぎ》がたの部屋は画然《かくぜん》と分かれていて、必要なときに、殿方のほうから奥方さまのほうへ通っていく。そういう通い婚というのがふつうのシステムでありました。もっと古く平安時代の寝殿造りなんかも、そういう形で、男女が同衾するのは通っていくということと表裏一体の行いであったのです。まあ、そういう古代式のやりかたが正しいとは必らずしも思いませんが、しかし、現代の住宅事情のなかで、つねに「夫婦の寝室」ということが、疑いもなくコンセプト化されているというのには、どうも懐疑の念を持たざるを得ないのです。

なぜといって、男女では、温度感覚が違います。男はとかく暑いと感じ、女はいつも寒いと思う、そんな感覚の違いは多くの方が実感しておられることと思います。

それに、男女という枠をはずして考えても、二人の違う人間が一緒に寝ていると、どうしても、鼾《いびき》をかく人がいれば、それはもう一人の睡眠を妨げる。体臭がひどいとか、オナラを頻発するなんていうのも、相方にとっては迷惑です。片方が不眠症で、いつまでも灯を点けて本など読んでいると、早く寝たいほうは不愉快でしょう。さっさと電気を消してくれないかなあと思うに決まっています。

そうやって、そもそも肉体の基本も、性向も、習慣も全然違う夫と妻が、一つ部屋で寝るなんてのは、楽しくないことが多々あるということに思いを致さなくてはなりません。

まあ、嬉し恥ずかし新婚時代なんてのは、そりゃいっしょのベッドに入って、いろいろと思いを交わしあうのも、それはよくわかります。しかしながら、それは一時《いっとき》のこと。

その睦《むつ》みあった結果として、子供ができれば、さあ、その子供をどうやって寝かしつけるか、そこらへんから夫婦齟齬の問題が俄然《がぜん》起ってまいります。

いかにイクメンを標榜《ひょうぼう》していようとも、夜中に泣き出した赤ちゃんが、お母さんの乳房をくわえて、安心して眠るという機序、これは動かしようがないし、男にはとうてい真似ができません。いや、だからといって、子育てが母親の専属事項だと言うつもりはまったくありませんが、ただ、子供にとってのお母さんは、また父親とは格別のものがあるだろうということは、子育てをしてきた私としての実感であります。

誰もが家に自分の居場所がほしい

そこで、私の家などは、若いころは部屋数が三つしかなかったので、それこそ最初の子供を育てていた間は、いわゆる川の字になって親子が一つ床で寝ていた、そんな覚えがあります。それはそれで、微笑ましい光景だけれど、必らずしもみんなにとって快適だともいえません。

そこで、これは私自身の、いわば失敗の経験から言えることなのですが、現在住んでいる自宅を建て直したときに、夫婦の寝室というものを作りました。そうして、暑い・寒い、なんてことを常に不満に思いながらしばらく暮しましたが、やがて子供たちが独立してイギリスに行ってしまったあとは、子供の部屋が必要ではなくなったので、そこを妻の寝室に改装し、いままでの寝室は私一人の寝室ということになって、以来ずっと夫婦別寝室を続けていますが、いやいや、実に快適です。

また空間のコンセプト設定と趣味の問題ということもあります。

日本の場合、インテリアの趣味をはじめ、家の空間コンセプトは、たいてい奥さんが支配しています。男はあまりそういうことに興味がなくて、家のなかは、奥さんに任せ切りとそんな人が多い傾向があります。そうなると、家事百般を司《つかさど》っているのは主婦たる妻で、夫は間借り人みたいな位置づけになることも、じっさい少なくないと思います。結婚する前は、実家で「自分の部屋」があった夫も、いざ結婚すると、手狭なマンション空間のなかでは、「自分のいる場所」がない、と思っていることも珍しくないのです。

だから、余裕ができたら、ぜひ書斎を持ちたいとか、趣味の部屋が欲しいとか、そんなことを願っている夫は、きっとたくさんいます。

離れていても等しく助け合う

仮に奥さんの趣味が非常にハイセンスで、インテリアが美しく整備されていたとしても、それが夫にとって必ずしも快適な空間であるとは限らないという、厳然たる事実があります。夫婦とはいえ趣味も嗜好も違うわけですから、それぞれの空間を持って、そこでは自分が好きなものを置き、好きなように使いたい。そうやって自分のテリトリーを確保したいと思っている夫は、きっと多くいて、それが書斎へのあこがれという形で露頭しているのだろうと、私は想像しています。

だから、もとから夫婦は別々の個室を持ったほうがいい。それぞれの部屋に、各自のベッドがあって、デスクやコンピュータがあって、あるいは書架や工作道具や手芸用品などが備えてある、そういうところで、それぞれがそれぞれの世界をちゃんと持っている、そのことが望ましい夫婦の形ではないかと、私は思います。

その上で、リビングダイニングやキッチンは、ともに話をし、仲良く料理を作り、まあ語らいの場、共同の空間として構想する。そうあるべきではないかと、私は提言したいのです。

お料理だって、多くの家庭でそうであるように、もっぱら奥さんが作って、出来上がった頃に夫が呼ばれて食べるなんてのではなく、語らいながら一緒に作って、楽しく一緒に食べる。それが、今という時代の、あるべき夫婦の関係ではなかろうかと思います。そしてそのために、部屋別のコンセプトは、一変させるのが新しい行き方であろうと、そのように思っています。

まして、定年後ともなれば、夫婦で家の中にいる時間が圧倒的に長くなります。

そのなかで、旧態依然として、夫はソファに寝転がってテレビなど見ている、妻はせっせと料理して、できると夫を呼び、夫はうっそりと起きてきてそれを、疑いもせず食べる。食べながら、たいした会話もせず、なにか話してもいっこうに弾まない、そんなありかたはそろそろすっかり清算し、考え直すべき時になっていると、私は考えています。

つまり、家の中でもそれぞれの夫婦が「個（孤）」として独立に存在する。そうして、等しく助け合って共同の暮しをする、そのように暮したいものだと思うのです。

適度な距離を保つためにすべきこと

こうしたある種の「距離」を「息の間」と言い、英語にも「breathing space」という言葉があります。人間は不思議な動物で、群居する性質を持ちながら、しかし、一定の距離感がないと不愉快を感じる、そういうものです。

ここに、がらがらに空いた電車があって、客が一人乗ってきて座ったとします。次の駅で、また一人乗ってきた、この場合、車両に一人しか座っていないとしたら、次に乗ってきた人はきっとその最初の人からぐっと距離をあけて座ることでしょう。それが普通なので、なにやらその一人にひっついて座ろうとする人がいたら、それは明らかになにかよこしまな意図があるか、よほどの変人というふうに感じられます。三人目が乗ってきたとしても同じことで、先に乗っていた二人のどちらとも距離のあるところに座るのが当たり前です。こうして、適切な社会的距離を保って群居する動物としての人間の行動が観察されます。

夫婦だからといって、いつもいつもべっとりと一緒にいると息が詰まってしまいます。だからお互いに干渉しあわないように、自分独りの時間と空間を持つ。そうやって「間」を取ることによって、一緒にいる時にはより仲良くなれるというものなのです。

どんなに仲がいい親友とだって、四六時中一緒にいると嫌な面が見えてくるでしょう。そうして、しまいに喧嘩になる、なんてことが誰の経験にもありましょう。

だから、友人でも、時々会って一緒に遊んだりはするけれど、あるところは距離を置いて干渉しないようにする、だからこそ楽しい友人関係でいられるのです。

それは夫婦だって同じです。

子どもが既に独立していることを前提に考えれば、定年から先は夫婦二人の生活になるわけですから、いままで一緒に暮してきた仲の良い生活を、最後までまっとうするためにも、適切な「息の間」をとりながら「個（孤）」としての生活を確立する。そうして初めてお互い敬意を払うことができるわけで、どちらかに寄りかかってしまうのでは、寄りかかるほうも寄りかかられるほうも、しだいに鬱陶しくなり、敬意はやがて失せて疎ましい思いが募るかもしれません。

人間が仲良く暮らすためには、必ず「付かず離れず」の距離感と、互いに独立の個人としての敬意が必要で、そうすることによって、感じのよい夫と感じのよい妻となるわけです。

街を捨てよ、旅に出よう

現役時代、まとまった休みといえば、猫も杓子も盆と正月、それにゴールデンウィークなんてのが、まあ世の中一般のありようだったと思います。けれども、そんな時期に旅に出れば、交通機関も宿もなかなか予約も簡単ではないし、混雑はするし、交通費や宿泊費も高いものに付き、どうしてもあまり愉快な旅にはならないことでしょう。

しかるに、定年後はそういった桎梏《しっこく》から解き放たれ、混雑のない平日の、好きな日時を選んで旅に出ることができる、これが大変なメリットです。

ですから定年後は、寺山修司の『書を捨てよ、街へ出よう』ではありませんが、自由に心を羽ばたかせる「旅」が、生活のなかの大きな存在になるかもしれません。

詩人の萩原朔太郎が『虚妄の正義』というアフォリズム集のなかで、次のように書いています。


「旅行　旅行の実の楽しさは、旅の中にもなく後にもない。ただ旅に出ようと思つたときの、海風のやうに吹いてくる気持ちにある。

旅行は一の熱病である。恋や結婚と同じやうに、出発の前に荷造りされてる、人生の妄想に充ちた鞄である」


これ、実に名言だと思いませんか。ここには、旅というものの虚実を込めたありようが、余蘊《ようん》なく看破《かんぱ》されていると、私は思うのです。古今、これほどに旅の本質をずばりと言い当てた箴言《しんげん》を私は知りません。

一つ、典型的な例をあげれば、「ああ温泉に行きたいな」と思ったとします。ああ、宿の窓を開けると、せいせいと青い海なんかが見えて、潮の香りの海風が通《かよ》って来るかもしれない。また、四方を新緑の山林に囲まれた露天風呂で、鼻歌など歌いながら、ゆっくりと手足を伸ばしている、なんてところを想像しますよね。

しかし、それはあくまで一つのイメージ、さらに申せばイリュージョンなんですね。

実際に温泉に行くとなったらどうでしょうか。列車の手配、宿の予約、そこまでは面倒ながら、まあ楽しみ半分としても、いざ旅に出掛けると、重い荷物を持って駅の階段を昇ったり降りたり、列車の隣の席に鬱陶しいヨッパライが座っているかもしれないし、この旅の途中がほんとうは楽しいはずなのですが、必ずしもそうはならない。ふと思い出してみると、昔まだ小さかった息子を連れて、伊豆へ旅行に出掛けたときは、帰りの電車のなかで、ヨッパライのオヤジ同士がなんだか知らないけれど、売り言葉に買い言葉で喧嘩を始め、しまいに殴りあうという騒動、それを小さな息子の目の前でやられて、ほんとうに往生した覚えがあります。

まあ、それほどひどいことでなくても、列車の時間に遅れたら大変だから、つねになにかに追いたてられるようだし、どうも気苦労ばかり多い。

　さてまた、いざ目的の宿に着いてみたら、思っていたような宿ではなく、うるさい団体客はいる、建物はいいかげん古い、頼みもしないのに部屋に入ってくる仲居《なかい》が余計な世話を焼くし、インターネット画面に出ていた料理写真とは大違いの粗末な夕食であったり、露天風呂だって思っていたほどの風情ではなかった、云々《うんぬん》、云々で、結局はくたびれもうけだったということが多々あります。

　かにかくに、旅というのは行く前は楽しみだったのに、いざ行ってみると疲れるばかりであった、なんていうのが結構珍しからぬことなんですね。

　だけれども、「ああ、どこか知らない所へ旅に行こうかなぁ……」と思ったときのふわっと浮き立つような気持ち、そこでは空想を自由に羽ばたかせることができる。その時こそ、もっとも楽しい時間だと、私は思います。

　そうしてみると、いま手もとに自由な時間、いわば可処分時間はいくらもある、という定年後になると、それまでみたいに「時間が無いから計画も手配も人任せ」なんてのじゃなくて、「さあ、旅に出ようか……どこへ行こうかなあ、一人旅もいいな。いや、たまには親友のあいつを誘ってみるか」なんて、それこそ空想するのは自由ですから、いくらもその「旅に出ようと思った気持ち」を味わうことができる、そこが、定年後の楽しさの一つなんです。

自由なんだから、あらかじめ行き先を決めるにも及ばず、「よし、今回は、なんとなく栃木県と新潟県の県境あたりを目指して車で行ってみるか」みたいな、漠然とした計画で、ふらーりと旅に出る、なんてことができる、こんなに楽しいことはありません。車で行かなくとも、ただ「青森の大湊線に乗って行き先決めずに旅をしてみるか」みたいな、曖昧な旅をして、車窓からの眺めを存分に楽しみながら、「よし、ここらあたりで降りてみよう」と、見も知らぬ町の聞いたこともない駅に降りて、それからぶらりぶらりと歩いてみる、また木賃宿商人宿《きちんやどあきんどやど》みたいな安い旅館に宿ってみる、そんなことだってできるかもしれない。

自分だけの手作りの旅

旅先の楽しみはまた、なんといっても景色と食べ物です。

あまり知られていない田舎道や山道を辿《たど》っていった先で、フッと見た景色が、なんともいえず懐かしい風情であったとか、表街道を外れた旧道に、昔ながらの町並みが残っていたとか、そういうのを見いだしたときの嬉しさはまた格別です。なにも名所旧跡名勝奇巌でなくたっていいんです。日本は国中どこにでも、見るべき景色、味わうべき食べ物など、旅の収穫というべきものがたくさんあります。そういうものは、ほんとうに時間にもルートにも自由でないと発見できません。旅行社の計画した通りの観光旅行ではどうしたって味わえないのです。それが、定年後のぶらり旅だったら、できる。やってみようじゃありませんか。

ただ、泊まりがけでいく場合は、泊まれないと困るから、宿だけは前もって確保していたほうがいいかもしれません。だけど、それ以外は行き当たりばったりってのが、ほんとうの旅なんです。

じつは私自身は、いつもそういう風来坊《ふうらいぼう》式の旅をして歩いたので、日本国中至る所で、アッと驚くような、美しい、しかし無名の景色に出会ってきました。ああ、日本は美しいなあ、と祖国の山河を前に、私は幾度感嘆の溜め息をついたかわかりません。

そういう経験を本に書いたのが、『私の好きな日本』（ジャフメイト社）、『「どこへも行かない」旅』（光文社文庫）などの拙著で、写真もたくさん出してありますから、もし機会があったら、ちょっと覗いてみてください。

つまり、「私だけの美景」「俺だけのかくれた美味」みたいなものを発見する旅、それは定年後の時間リッチな生活のなかでしか実現できないのですから、ぜひこの際、旅行社お仕着せのパック旅行なんかじゃなくて、自分だけの手作り旅を試みたらどうかとお勧めする所以です。

夫婦交代で別々に旅に出る

夫婦だからとて、旅も一緒に、というのが良いとは限りません。それよりも夫婦は別行動で旅をしたほうが良いのではないかと、私は思っています。

なぜかといえば、子どもたちが巣立って夫婦二人で一軒家に住んでいる場合、二人して旅に出れば空き巣に入られるかもしれず、オチオチしていられません。あるいはマンション暮らしであっても、留守中になにか冷蔵便の荷物が届いてしまうかもしれないし、不測の緊急連絡が家電話にかかってくるかもしれません。つまり、だれかが家にいたほうが、なにかと都合がいいということはありましょう。

その意味で、つねに一緒に暮してるのが定年後の日常なのだから、非日常を志向しての旅くらいは、一緒でなくて交代で別々に旅に出るほうが良いと、私は考えます。

私の妻の母親は九十五歳で今も元気に老人ホームで暮らしていますが、七十過ぎまで学校の先生をしていました。節約家でしたから貯金もあり、九年ほど前に九十四歳で亡くなった義父も大企業勤めで定年後は子会社の社長などしていましたから、企業年金をたっぷりもらっていたこともあって、経済的には何の不自由もありませんでした。そこで、七十を過ぎてから、義母はそれまで自分が働いて貯めたお金を使って、気の合う友人や、私の妻である娘といっしょに、世界中を旅行してまわったものでした。

その頃、義父はといえば、もともと出不精で旅が嫌いだったこともあって、義母が旅に出ている間は暢気《のんき》に留守番をしていました。

そういう夫婦のあり方も、一種の合理性があって、望ましい形だと思います。

なにしろ、定年後の暮らし方について、生命保険の会社などが行なったアンケートを見ると、夫の六割くらいは「定年になったら、妻と一緒に旅行したい」などと思っていますが、豈図《あにはか》らんや、妻のほうは、そう思っている人は十五パーセントかそこらなのでした。

それも当然といえば当然で、僕らの世代までの現実は、会社勤めの夫を主婦として支えてきたというのが妻の普通のありようでしたから、せめて、定年になったら、この夫の面倒見から、すこしは解放されて、自分一人で気の合った人と楽しく旅などしてみたい、と思う人が大半だったというわけです。

しかも、夫と妻では、見たいものも違えば、食べたいものも違う。片方が山歩きをしたいかもしれないけれど、もう片方はそういう疲れることは嫌で、ただ御馳走を食べて、のんびりと温泉に浸かりたいなんてことが往々にしてある。

もちろん、夫婦の趣味が同じであれば一緒に旅するのもいいですが、そんな夫婦は稀だと思ったほうがよいというもの、だったらそれぞれが好きなところに交代で行き、その間どちらか一方がのんびりと留守番している、というのが合理的で、定年後の旅の望ましい形ではないかと思っています。

独りで旅するといっても、必ずしも一人旅とは限りません。気の合った知友と二人で旅をするというのもまた楽しい。

二人旅のメリットは、なによりお喋りの楽しさ、いろいろな味わいを共有できる楽しさがあります。一人で美しい景色を見て、うーーんと唸っているだけよりも、相方がいれば、その美しさを語り合い感動を分かち合うという楽しみがあります。

食べ物でも、一人で食べると、食べられる量も種類も限られてしまいますが、それが二人だったら、よりバラエティ豊かに、あれこれのものが食べられるということがありますね。仮に、ラーメンとカレーライスの両方を食べたいと思っても、一人だとどちらかを選ばなくてはなりませんが、二人だと、両方とってシェアできますからね。

これはとくに地方に行って、食べたことのない郷土料理、あるいは土地土地の名産などに接したときに、ああ、胃袋が一つでは足りない、と慨嘆することが、私などはよくありますが、それが二人だったら、食べるものの選択肢も二倍になり、しかも食べたものについてあれこれ愉快に語りあうことができる。

食べてみたら思いのほか美味しいものであった、なんてのは上乗《じょうじょう》の経験ですが、といって、反対にあてずっぽうで食べてみたら、とんだ不味《まず》いもので、大失敗であったというような経験だって、それが後々の愉快な語りぐさになりますから、決して無駄な経験ではないのです。まして二人でそんな経験を共有したら、旅のアクセントとして、忘れ難いものになるかもしれません。失敗談ほど、後になれば愉快な想い出となる、それも旅の一つの醍醐味《だいごみ》かもしれません。

思い立ったら日帰りの旅

先年、私は『旅のソネット』という歌曲の詩を書きました。その第一曲は、「旅立とう」という歌で、こんな詩です。

こんなに良く晴れた日は
さあ、旅立とう
なにもかもふりすてて
凜々《りんりん》と風のように

見知らぬ列車に跳び乗って
どこへゆくとも
いつ帰るともわからない
自由の旅へ、旅立とう

あの地平の向こうへ
見知らぬ自分を探しに
あの海のむこうへ

朗々と幸福《こうふく》の歌を歌って

雲のように

あこがれて、ゆけ！

どうでしょうか、こんな気持ちになったこと、誰でも一度や二度はあるのではないかと思います。毎日の仕事に出掛ける時、ふと、良く晴れた空を眺めて、ああ、こんなに良い日は、仕事なんかほっぽり出して、どこかに旅にでも行きたいなあ、というそういう切実な思いに駆られるということは、きっとどなたにも覚えがあると思います。

定年後のメリットは、こういう夢のように思っていたことが、その気になれば容易に実現できることです。なにしろ、自分の時間を拘束するものは、なにもないのですから。

この旅立ちの歌のように、ふと思い立って、自由な日帰りの旅にも出ようと思えば出られるではありませんか。車を転がして見知らぬ町を目指すもよし、新幹線に乗って大阪でも長野でも、金沢でも、仙台でも、どこにだって日帰りしようと思えばできるのですから、ありがたい時代です。

地図をみて、ただ目的地を決めるだけ

私は、まったく自由に旅をしたいと思ったときは、パッと地図を開けて、エイッと目をつぶって指さしたところを目的地と定め、車を転がして行くなんてことがある。

これまで行ったこともなく、なんの興味も知識もなかった場所に、いっさいの予備知識なく、ただただ地図を見ながら出掛けて行くのです。

その道々、なんだか目に付いたうどん屋、一膳飯屋、郷土料理の店、漁港の市場食堂など、至る所で、それまで食べたことがないものに出合ったりするのは、なんともいえない旅の醍醐味です。

また、いまは各地に設けられた道の駅で、珍しい地野菜を見かけて買ったりして、丸一日、相当楽しめます。車で行くから気軽だし、荷物が多くなっても困らないし、交通費はガソリン代や高速代だけだから、二人でも三人でも変わりません。宿に泊まるわけではないからお金もかからず、その日は自宅に帰ってゆっくり休めるといった安心感もあります。

だから、旅＝宿泊、という固定観念を外して、もっと自由に考えると、こんな日帰り旅の楽しさもまた格別というものであります。

実は、私は喘息持ちということもあり、また熱心なる禁煙論者でもあり、受動喫煙を防止する運動の支持者でもありますから、宿泊する場合は百パーセント禁煙室と限っています。ところが、ホテルによっては、禁煙室が少なくて、今日《こんにち》では禁煙室から先に塞がってしまいますから、いきおい喫煙室しか残っていないということも珍しくありません。しかも、日本旅館には、禁煙室という設定がないところも多い。そうすると、前の晩に泊まった人がヘビースモーカーだったりすると、鬱陶しく煙草臭くて不愉快だし、健康上に危険があります。ある宿では、禁煙室があるというから泊まったのに、ばかに煙草臭い。なぜだろうと訝っていたら、隣室の人がヘビースモーカーだったため、どこをどう通ってくるのか、こちらの部屋のなかにまで、煙が侵入してきていたということもありました。

そこは、なーに、日帰りの旅であればそんな目に遭う気遣いもさらにありません。

日帰りと言えば、いろんな会社がやっている「日帰りバスツアー」なども、もし嫌いでなければとてもお得です。いや、私自身は、団体で動くのが生来嫌いなので、もちろん決してそういうのに行く気はありませんが、ただ、一般的には、それも一人で旅する日帰り旅行としてはおおいに有りだろうなと思っています。

先日、テレビを観ていたら、たまたま、はとバスで伊豆の西海岸へ行く日帰りツアーについて放映していました。サザエやアワビ、お鮨が食べ放題なのに、とてもリーズナブルな値段。しかも一日楽しめます。しかも、このツアーには、一年間乗り放題というチケットもあるらしく、年間百七十回も行ったと、とてもうれしそうに話しているオジサンもいました。その人は、いつも単独での参加なのだそうですが、きっと奥さんも、夫が一日三食ツアーで食べてきてくれるので、面倒がなくて大助かりなんだろうと思います。

趣味は同じじゃなくてよい

芸能界の結婚会見などで、

「お相手の、どこが気に入ったのですか？」

という質問に、

「趣味が共通だったものですから」

などと答えている人を見かけますが、そのたびに、私などは、こってりと眉に唾をつけることにしています。そりゃ、なかには夫婦同じ趣味で、その趣味の会合で知りあって結ばれた、なんて人もいるとは思いますが、一般論で申すならば、趣味というものは、一人一人みんな違うものです。

それゆえ、夫婦といえども、それぞれの趣味に干渉しないという「距離感」は必要です。「飲む、打つ、買う」なんて没義道《もぎどう》的なことは趣味の範疇《はんちゅう》には入りませんが、それ以外のことは、それぞれがどういう趣味を持つかは自由であろうと思います。

妻はフラダンス、夫はゴルフなんてのはよくある趣味だと思いますが、夫の趣味は手芸で妻は海釣りというのだってもちろんあるでしょう。

男はこれ、女はこれといった、一種ジェンダー的観念を排して、各人各様、おのずから好きなことをやるということが肝心です。

一番大事なことは、ここでも「個（孤）」としての独立を保つこと。

そうして、相手に対して「そんなことやってもつまんないだろう」みたいな、余計な容《よう》喙《かい》を決してしないこと。

また、深酒《ふかざけ》とかタバコとか、不健康な「嗜好《しこう》」を廃し、ギャンブルのような不健全なことには手を染めずして、まずはできるだけ健康に志向しつつ、楽しく安全に、各自が独立した生活を送ることが定年後の大原則なのだと、よく念を押しておかなくてはなりません。

第二章

自分の役割を捨てる

「何の役にもたたない」ということの意味

定年後必要なのは、価値観の転換

長く会社勤めをしてきたサラリーマン、特に男たちは、割合に物事の考え方が単機能的で、たとえば会社の利益を上げる、あるいは事業所の成績を上げる、そういうことが即ち出世の早道で、畢竟《ひっきょう》自分の価値であると、こう短絡的に考えてきた傾向が強いように思います。女性は、そこへいくと、出産とか、育児とか、会社の価値観とは違うところで自分の人生を見つめる機会が多かったこともあり、またもともと女性は男に比べると仕事なら仕事に単機能的に没入するのでなくて、仕事をしながらも、さまざまの芸術や文化に興味を持ち続けるという多機能的傾向が顕著なので、まあ、定年後も困らないという人が少なくありません。

しかし、男たちはどうだろうかと振り返ってみると、やはりこの仕事人間的単機能というものが、定年後にハタと行き詰まる大きな要因になっているように感じます。

儲けられるかどうか、出世できるかできないか、会社人間の間はそれでもよかった。人間関係もそういう判断によって構築するような傾向が顕著であった……。

ただし、中には、すぐれて趣味人を自負し標榜している男も少なくありませんが、その場合は、その趣味の方向に行き過ぎて「おたく」的な世界に突入してしまうとか、または、その世界で誰が「大将」になるか、というような、いわばお山の大将を張るための競争に明け暮れるようなことになってしまって、そこでもまた、社会のヒエラルキーということに無関心ではいられない。そこがまず、ヒエラルキーとは距離を置いたところに自己を置いて、自然な姿勢で楽しむ女性たちとは、おのずから違う世界になってしまいがちです。むろん例外はあるにしても、オタクの世界に女性は少ない、それが現実というものであろうと思っています。

ところが、定年退職して（定年前に早期退職する場合も含めて）フリーになるということは、そういった損得勘定や出世争い、いいかえるとヒエラルキー的な価値観には何の意味もなくなる場所に立つことを意味します。

そうなると、いままで「吾《あ》が仏」として一途に縋ってきた御本尊が突然に消えてしまうようなもので、さあ、どうしようかと、茫然たらざるを得ないということになる。

しかし、それはもう厳然たる眼前の事実で、なんとも動かしようがないのです。

そうなれば、もはや使用期限を過ぎたクレジットカードのように何の役にも立たない過去の肩書きなど、さっぱりきっぱりと捨て去って、そこから天下無一物《てんがむいちもつ》、徒手空拳《としゅくうけん》の人として生まれ変わらなくてはなりません。

ぼんやりぐらいがちょうどいい

自分が今までにしてきたことに拘泥《こうでい》して、それをひけらかしたりするのがもっともいけません。だから、偉そうにすることなく、どちらかといえば、いつもぼんやりとしてるくらいがちょうどよいので、その上で、まわりの人たちにいかに愛されるかがもっとも大切なところです。

もっとも、そういうことは言うは易いが行うは難いもので、いざ実際に我が身において実践しようとすると、けっこう大変なことです。

しかし、だからこそ、ぐっと己《おのれ》の既往《きおう》を顧《かえり》みながら、この価値観の転換をできるかできないか、そこに成否はかかっていると言っても過言ではありません。

むろん、女性にも定年はあります（私どもが若かった時代には、女性の定年は三十歳なんて社規が大手を振って認められていたものでした。そうして、女性は結婚したら会社からは身を引いて家庭の人となる、というのがまあ不文律のようになっていたのですから、今の若い人たちからしたら、信じがたいことかもしれません）が、女性は、男に比べるとはるかに心が柔軟なので、勤めている時からあまりヒエラルキー的競争に投ずることなく、むしろ悠々として教養を積んだり習い事をしたりして、「自分磨き・自分探し」に相応の力を注ぐ人が多いように見えます。

また、結婚しているとしても、そして共働きであっても、現実的には、家事の多くを担《にな》っているという場合が現実には多いのです。それゆえに、また女性にばかり内外の仕事が重複して荷重がかかりすぎるという問題は、ずっと続いてきました。

しかし、そういう生活の然らしむるところ、定年になっても、女性の生活はそんなに劇的には変らないかもしれません。暮していく上のスキルは、たいていの女性は充分に持っています。それはもう男たちの比ではないと観察されます。

その故に、女性は、定年になったからとて、急にやることがなくなって、櫓櫂《ろかい》なき小舟で大海《たいかい》に乗り出してゆくような不安を覚えるようなケースが、比較的に少ないのではないかと思います。

昨今は、諸外国との競争の結果もあり、女性のエグゼクティヴもそれなりに増えては来たと思うのですが、まだまだ日本は男社会で、女性にはいわゆる「ガラスの天井」が存在していることは、否定しがたい現実でしょう。

けれども一方、たとえば公務員の一般職と総合職の違いのようなことを思うと、総合職についたら、子育てもなにも抛《なげう》って、世界のどこへでも出張転勤なんでも受容しなくてはいけないと思うと、却ってそんなことよりも、やはり子供を産んで育てて、幸福な家庭を営みたいと思って、あえて一般職、あるいは非常勤職を選択する女性も決して少なくないと思います。そう考えると、なにも必ずしも専業主婦は虐げられた存在のように否定し去ることもなく、それはそれで、一つの選択肢として有り得ると私は思っています。そして、男に伍してその世界での大将になりたがる人は、日本の女性には案外少なくて、そんなことより、心豊かな暮らしに志向しつつ、趣味を持って非競争的に生きていきたいという女性が、じつは結構多いのかもしれません。

こういうことから考えると、定年後に、「さあ、どうしよう」と、行方も知れぬ頼りない思いに心折れることが多いのは、やはり男たちであろうと私は思わずにはいられません。

愚者に見える賢者

宋代の文人、蘇軾《そしょく》の「欧陽少師《おうようしょうし》の致仕《ちじ》を賀《が》するの啓《けい》」という文章のなかに、次のような言葉があります。

「大勇《だいゆう》は怯《きょう》なるが若《ごと》し、大智《だいち》は愚《ぐ》なるが若し」

これは、ほんとうに勇気のある武将は、落ち着いて総てを見通すがゆえに、その作戦はいわゆる戦々恐々として、万に一つも失敗のないように謀《はか》って無茶をしない。その結果、彼の作戦指揮は一見すると臆病者のように見える。また、ほんとうに智恵のある人間は、おのれの学識などをむやみにひけらかしたりしないので、表面上はぼんやりとした愚人のように見える。そういう意味ですが、つまりその反対に、半可通、生半可の智恵の人は、その半端なる智識をひけらかしたりするので、一見切れ者に見えるが、その反面どうしても人から疎んじられるということをも意味しています。半可通の知ったかぶりってのが、いちばん嫌な感じがするからです。そういうのは、ほんとうの知恵者とは言われまいぞ、と蘇軾は言っているわけです。傾聴すべき言だと思います。

そこで、この箴言《しんげん》を現代に敷衍《ふえん》して考えると、生半可に智識のある人は、自分が偉いと思っていて、それまでの地位である大学教授や会社役員などという肩書きに恋々《れんれん》とし、どうしてもそれをひけらかしたり、振り回したりしがちです。

そうすると、それは他者から見て、「あの人はお偉いお方だからねえ」と、敬遠されることが避けられないのです。

これが「感じの悪い人」の骨頂というべきありようです。

本当に知恵のある人、賢い人というのは、そういう次元を超越しています。だからこそ、一見すると茫洋《ぼうよう》として愚者《ぐしゃ》のように見える。

言ってみれば、『西遊記』に登場する三蔵法師のようなものです。

いまある力は会社の力に過ぎない

三蔵法師は白い馬に乗ってただぼんやりとしているだけのように見えますね。どこからか敵が襲ってきてもただ馬上で困惑しているだけで、闘うこともできません。戦うのは、孫悟空に代表される部下たちですが、彼らは戦いはするけれど、決して三蔵法師のようには大きな智恵があるわけではありません。三蔵は、その学識法徳《ほうとく》の高く深きことを以て、孫悟空らに尊敬され、慕われ、守られている。

真に大きな知恵のある人というのは、闘う必要もないし、誰かを押しのけてのし上がっていく必要もない、とそういう人間観を理想的に象徴しているのが三蔵という人で、いわば「大智」の代表です。

一方で、三蔵法師を守る猪八戒、沙悟浄、孫悟空らは、たとえていえば働くサラリーマンです。孫悟空は觔斗雲《きんとうん》に乗って千里でも万里でも翔《かけ》ることができるかもしれない、如意《にょい》棒《ぼう》を持っているから自在に八方の敵を打ち負かし、膂力《りょりょく》もおそるべき強さかもしれません。だけれども、しょせんお釈迦様のてのひらからは出られません。つまりは小さな存在に過ぎないのです。

このありようを、人間界に下ろしてみれば、サラリーマンとして縦横に力を奮って、大きな力を手にしていたと見えたのは、つまり会社や役所という觔斗雲や如意棒の力であったにほかなりません。定年になれば、その觔斗雲も如意棒も会社に返さなくてはならなくなる。そうなったら、それは飛べない孫悟空なのであって、いかに「俺は以前は孫悟空だった」と威張ってみても何の意味もありません。

どうせなら、定年後は孫悟空ではなく、三蔵法師の生き方を理想として思っておきたいと思うのです。

実は蛭子能収さんになるのはむずかしい

蛭子《えびす》能収《よしかず》さんという方がおられますね。じつは私は蛭子さんの密かな大ファンです。蛭子さんは、本職は漫画家ですが、白土三平や手塚治虫のように、抜群に絵が巧いというわけではありません。どちらかといえば、ヘタウマとでもいうようなスタイルの独特のとぼけた画風だし、またいっぽうでテレビにもしばしば登場されて、一種のテレビタレントでもありますが、といって、何か特段の知識や能力を持っているのかといえば、そうでもない。では、芸人として面白い芸でもあるかといえば、みんなにいじられて周囲は面白がっているかもしれないけれど、本人は別に面白おかしいことをやっているわけではない。それなのに、蛭子さんは蛭子さんで、余人《よじん》を以て代えがたい存在なのですね。

こういってしまっては甚だ申し訳ないのですが、蛭子さんという人は、あのつかみ所の無い茫洋とした感じ、生半可な器用人ではなくて、これといった芸のないところに、独特の魅力と存在意義があるのではないかと私はひそかに感じています。

蛭子さんがもしも会社の社長だったら、たぶんその会社は立ちゆかなくなるような気がするし、では、ビジネスマンだったらどうだろうと想像してみると、いやいや、蛭子さんは、絶対に商売なんかできないだろうなあと思います。基本的に蛭子さんは、社会的ヒエラルキーだとか、出世栄達《えいたつ》なんてものとは無縁、そんなものを度外視して飄々《ひょうひょう》と生きてきた方だと思うからです。蛭子さんが、多くの人に好かれて、その結果としてしばしばテレビ番組で重用《ちょうよう》されるのは、じつにこの意味であったかと思います。

会社員、いわゆるサラリーマンは、一般的に有能な人は出世し、無能な人は窓際に追いやられたり、馘《くび》になったりします。

それでは、出世した人に人間としての魅力があるだろうか、と借問《しゃもん》してみると、さあどうでしょうか。出頭人《しゅつとうにん》のような人で、じつに嫌な感じの人というのも、いくらもいます。

反対に、窓際族で仕事としては実りがなくても、その自分に知足安分《ちそくあんぶん》して慌てず騒がず、その結果、どこか茫洋とした魅力を持っていて、誰にも好かれている、とそういう人もいるでしょう。私の友人にも、そういう人はいます。

出世栄達なんてことをよそに、のんびりと非競争的な人生を送っているという人には、どこか不思議に人間的な魅力があるものです。そういう人こそ、定年後の生き方として目指したい一つのイメージではなかろうかと思うのです。

実は蛭子さんみたいな人には、よほど覚悟を決めないと、なかなかなろうとしてなれるものではありません。

誰も忙しく働ければよいわけではない

長谷川英祐さんという生物学者の観察によると、蟻の社会には、つねに一定の割合で「働かない蟻」というのがいるのだそうです。この「さぼっている蟻」は、一見すると、その蟻の社会にはなんの役にも立っていないように思えるのですが、しかし、じつはそうではなくて、働き蟻のなかの働き者の蟻は、あまり年中働いていると疲れてしまうらしい。そうして疲れて仕事ができなくなると、そのとき、このいままで働かずにさぼっていた蟻が、俄然働き者に変身して、その肩代わりをする、そんなシステムによって、蟻の社会は、常に一定のパフォーマンスを上げるように仕組まれているのだと、長谷川さんの著書『働かないアリに意義がある』（メディアファクトリー新書）に述べられています。これはじつに示唆的《しさてき》な発見であろうと思います。

だれもが忙しく働いていて、無駄な人材などを傭《やと》っておく余裕はない、とそういう会社は、効率的で金もうけがうまく行くように思えますが、案外とそうではないのかもしれません。有用な人材もいれば、あまり役に立たない人もいる、そういういわば「多様性」のある会社のほうが、じつは大きな視野、長い目でみると、蟻の社会に学ぶまでもなく、案外に根強い生命力がある可能性があります。

それはなにも利潤追求の会社だけに限ったことではなくて、いわゆる非営利の団体やら、ボランティア組織などでも、みんながみんな、孫悟空みたいに大活躍しないといけないのだったら、たぶんその組織は長続きしないのだろうと思います。

そうじゃなくて、ところどころに、あまり役に立たないような人もいて、さぼっているような時間もあって、でもしゃかりきに働いている時もある、そういう多様的な組織のほうが、結局はうまくいく、人間社会はそんなものかもしれません。

何の役にも立たない木になる

こういうことを考えてみると、中国古代の思想家の荘周《そうしゅう》の著作『荘子《そうじ》』人間世篇《じんかんせい》に、ちよっと面白い喩《たと》え話が出ています。

「南伯子綦《なんぱくしき》、商之丘《しやうしきう》に遊んで、大木《たいぼく》を見るに異《こと》なること有り。駟千乗《しせんじやう》を結べば、隠れて将《まさ》に其《そ》の藾《かく》す所を芘《かく》さんとす。子綦が曰く、此れ何《なに》の木ぞやと。此必ず異材《いざい》有らん。夫《そ》れ仰《あふ》ぎて其《そ》の細枝《さいし》を視《み》れば、則ち拳曲《けんきよく》して以て棟梁《とうりやう》を爲《つく》るべからず。俯《ふ》して其の大根《だいこん》を視れば、則ち軸解《ぢくかい》して以て棺槨《くわんくわく》に爲《つく》るべからず。其の葉《は》を咶《ねぶ》れば、則ち口爛《ただ》れて傷《いた》むことを爲《な》す。之を嗅《か》がば、則ち人をして狂酲《きやうてい》して三日《みつか》まで已《や》まず。子綦が曰く、此れ果して不材《ふざい》の木也《なり》。以て此れ其《そ》の大《だい》なるに至《いた》る也。嗟乎《ああ》、神人《しんじん》は此《これ》を以て不材なり」

（読み下しは寛永六年刊本による）

なかなか難しげな文章で恐縮ですが、これはざっとこんな意味です。

「南伯の子綦という人が、商というところの丘に行ってみると、そこに一本の大木があった。それが並大抵の大木でない。四千頭の馬をその木に繋ぐと、すっぽりと隠してしまって隠していることさえわからない。子綦が言うには、「これは何の木であろうか、きっと並外れた材木となるに違いない」と。そこで仰ぎ見てその細い枝までも見てみれば、どれもこれもグニャグニャ曲がりくねっていて、到底棟木《むなき》や梁《はり》を作ることはできぬ。また下を見てその大きな根を見ると、すっかり中ががらんどうになっていて、これでは棺桶すら作ることもできぬ。その葉を舐《な》めると、たちまち口が爛《ただ》れて大けがをする。これを嗅《か》いでみるとたちまち悪酔いでもしたようになって、三日の間やむことがない。そこで子綦が言うには、「これは結局なんの役にも立たぬ木だな。だからこそ誰も伐らないからここまで巨大に育ったのだ。ああ、ほんとうに優れた人というものは、この木のようになんの役にも立たぬものじゃ」と」

「無用の用」

役に立たない、無用である、ということについては、こんな言葉もあります。

同じく『荘子』外物篇《がいぶつ》に、

「恵子《けいし》、荘子《そうじ》に謂《い》ひて曰《いは》く、子《し》が言《こと》無用なり。荘子曰く、無用を知りて始めて与《とも》に用を言ふべし。夫《そ》れ地は広くして大《だい》ならざるに非ざるなり。人の用《もち》ふる所は、足を容《い》るるのみ。然らば則《すなは》ち足を厠《はか》るのみにして、之《これ》を塹《ほ》つて黄泉《くわうせん》に至らば、人尚《な》ほ用ふる有らんや。恵子曰く、用ふること無《な》けん。荘子曰く、然らば則ち無用《むよう》の用《よう》たるや亦《また》明らか也と」
（同）

「無用の用」という、有名な箴言です。

恵子が荘子にこう言った、「あなたの言うことは役に立たぬ無用のことばかりだ」と。すると荘子は、こう答えた、「いや、無用ということを知ってこそ、始めて役に立つというのがどういうことかを論ずるべきであろう。よいか、この大地というものは広くかつ大きなものだ。しかし仮に人が歩くとなれば、その足のところだけを測って残し、あとは無用のところだからというので黄泉の国まで掘り下げたとしたら、それでも人間は歩くことができるであろうか」と。恵子が答えた。「いやそんなことでは歩く役にはたちませぬ」。そこで荘子がこう言った。「ほらごらん、だから無用というものに用があるということは、この例を見れば明らかであろう」と。

つまり、会社や組織で、お金儲けをするというような意味で役に立つ人と、そうではない役に立たない人とが共存してこそ、はじめて社会というものが十全に成り立つので、これがそういう役に立たない人は要らないと言って切り捨ててしまうようだったら、右の無用の用のたとえ話でもわかるように、そんな社会は息が詰まりそうで、恐ろしくて渡って行けるものではありません。私どもの人間社会は、多様性のなかに大切な命が宿っているとも見るべきもので、そこに定年後になって組織の有用性から離れた私どもにも、拠って立つ基盤がありそうに思われますね。

また『荘子』齊物論《せいぶつろん》には、こんな有名な言葉もあります。

「大知《だいち》は閑閑《かんかん》たり、小知《せうち》は間間《かんかん》たり」

すなわち、大きな智恵というものは茫洋としてゆったりとしているが、しかし小さな智恵というものはこせこせとしているというほどの意味である。なかなか含蓄深い言葉で、つまり、せわしなく蘊蓄を傾けたりするのは、この小知というもので、いかにもせせこましい。しかし、ほんとうに大きな智恵を持った人は、そういう小手先の小智識などは知っていても振り回さず、もっと悠揚迫らずして大きなことを考えているから、一見するとぼんやりとした感じに見えるというのです。

こういう箴言を読むと思い出されるのは、かつて研究生活を送ったケンブリッジ大学での見聞です。イギリスを代表する、あるいは世界を代表する大叡知の宝庫たるケンブリッジ大学では、一つの研究がはたして何年かかるのか、あるいは何年かかっても成就するかどうか分らないような、そういう茫洋たる大きな研究をしている人がいくらもいました。それは大学のなかのコレッジという「もう一つの大学」が、ノーベル賞級の大叡知をメンバーとして抱えていて、生活を保証しながら、大研究の成就を後押しするということが行われてきたからです。そこで、世の中のためにどのくらい役に立つのか分らないような、たとえばサンスクリット古文献の解読研究なんてことを一生かかってやっている人がいくらもいる。何の役に立つかなんて、そういう小知にはかかわりなく、茫洋とした大知ともいうべき研究が、深く静かに粛々と進められているのです。こういう役にも立たないと一見みえるような研究こそが大研究で、そういうところから、世間を大きく変えていくような独創的な成果が生まれるわけです。

一年に何本の論文を書いたかとか、そういう「出来高」で、いいかえれば「用」を以て測るような態度は、結局小知を作るのみで、大知を育てることはできません。

私の知る、ローレンス・ピケン博士という方は、もともと化学の大研究者でしたが、定年後は、なぜか日本の雅楽の研究に方向を変え、これまた孜々《しし》として営々《えいえい》として、その役に立つとも思えない研究を継続されました。それで雅楽研究ひいては唐楽研究の世界的研究者になった、そんな例もあります。定年後は、つまり、社会がその人に求めるものから自由になった、組織の桎梏《しっこく》から解放された分、どんな無用のことにも力を注ぐことができます。それが世の中の役に立つか立たぬか、そんなことは度外視してよいのです。

人間の社会でも、いわゆる大人《たいじん》の風格というものがありますが、それは、こせこせとした小智識、あるいは小才《こさい》を振り回すのでなくて、どっしりと落ち着いて自分では何もしないけれどもみんなに敬仰《けいぎょう》される人を言うのです。そんな人はなかなかなろうとしてもなれるものではないかもしれませんが、しかし、そこを目指すのは無駄ではありません。

結句、人間社会も大きく見れば大自然界の小さな一部分です。大自然界は無限無辺の大曠野《こうや》で、そこにはいまだ人の知らない生物が無数に生きています。そのなかにはまったく無用に見えるものもあり、またペニシリンを作った青カビのように役に立つものもたくさんある。ただ、その種々雑多、多様極まりない姿こそ、人間社会のあるべき姿だと、私は思います。そういう目で見れば、もう組織を離れて定年を迎えた人こそは、これからその無用の用のために、自由の天地に羽ばたくことができるのだと、そう思っておくのがよいと思うのです。

肩書きを捨てて白紙に戻る

これまでずっと組織に勤めていた人が、明日から定年人生が始まる、さあ百八十度発想を転換しようと思っても、実際にはなかなかむずかしいものです。

それには、まずもっとも大切なことは「御破算に願いましては」という思い切りです。いままで、財務部長だった、会計監査法人で活躍していた、そういう「有用なりし自己」を忘れて、まず、自分は何の役にも立たない人間、無用の用に当る存在なのだと覚悟するところから始めなくてはなりません。

たとえば、会社でずっと財務畑一筋で、それなりに出世した人がいたとしましょう。

そういう人が定年後、時間ができたのでボランティアでもやろうと思って出かけた先で、いわば素人たちが、おぼつかない様子で財務会計などをやっている。それを見ると、ついつい、

「そんなやり方ではだめです。どれ、ちょっとあなた方の帳簿を見せてごらんなさい」

などと言ってしまうかもしれない。これがまずは大禁物です。その上から目線は、みんなに嫌われてしまうもといです。その言葉には、いかに慇懃《いんぎん》丁寧に言ったつもりでも、

「おれ様がやってやろうか」といった態度が見え見えなのです。

そうではなくて、まずは三蔵法師のように、ぼんやりニコニコしていて、まずは頼まれ

た仕事を粛々とやりながら、みんなと仲良くなった頃に、前職のことなど聞かれるかもしれない。そうしたら、はじめて、

「じつは、ずっと財務をやらされていましてね」

というようなことを言って、

「じゃあ、ちょっと帳簿を見てもらえますか」

と言われたら、

「はい、はい」

と丁寧に自分の能力を活かして仕事をすればいいんです。

「私はここにきてもお役には立たないと思いますが、何かご用がありましたら、雑巾がけでも便所掃除でもお申し付けくだされればやりますすよ」という態度が、まずは肝心で、そのうち、「あの人はなかなか腰の低い感じの良い人だけど、現役のときは何をしていた人だろうね」ということになるのです。それまでは、なにも自分から「乃公出《だいこうい》でずんば」式の態度を見せてはいけません。そうして、なにか頼まれた時も、やってやろう、やってやったがどうだ！　という顔は大禁物です。

あくまでも「大智は愚なるが若し」という風に構えて、春風駘蕩《しゅんぷうたいとう》とした姿勢でいること

が大事です。定年前の手柄も役職も名誉もすべて忘れ、一人の人間として、真っ白なところから出発するというつもりでやっていかなくてはなりません。

かくて、ボランティアであれ、第二の職場であれ、あるいは御隠居であれ、なにをするにしても、まずはこのまっさらな心の持ち方、いつも内心に「大智は愚なるが若し」を唱えるほどのつもりで、おっとりと暮すということから始めようではありませんか。

時間の無駄遣いは人生の無駄遣い

豊かになった時間をどう使うか?

さて、ところで、そうやって「閑閑《かんかん》たる」心の持ちようで、のんびりと定年後の暮らしを出発するとして、問題は、やはり（よほどの金満家でもないかぎり）経済の問題に逢着せざるを得ない。

定年で退職するにしても、定年後の再就職で仕事を続けるにしても、重役に昇進した一部の人を除けば（いや、重役でも社長でも、いずれはリタイアしなくてはならない時がきますが）、経済的には、どうしても現役時代より不如意《ふにょい》にならざるを得ない、これが現実であろうと思います。

だからといって、お金に恋々《れんれん》として、いつまでも現職に留《とど》まりたいなんていうのは、良からぬ思案です。なにごとも、終わりよければすべてよし、終わりかたの潔《いさぎよ》さが大切です。言い換えると「引き際《ぎわ》」の美学を持ちたいものです。

それはともかくとして、いかに引退によって「お金」が今までのようにはならないとしても、いやいやそれはただお金についての現実なのであって、人生すべてに亙《わた》って貧しくなるわけではありません。

否、むしろ定年後に豊かになるものもある。

それは「時間」です。

もう毎日営々《えいえい》として勤めに行かなくてもよいわけですから、圧倒的に自分の手許《てもと》に時間が返ってきます。つまりは、経済的なこととある意味引き替えで、何もしなくていい時間、自由に使える時間が与えられたと考えればいい。

つまり、「可処分所得」は減るかもしれませんが、その代価として、「可処分時間」を豊かに手に入れることができます。

暇つぶしが一番いけない

では、それをどう活かすか。

一番良くないのが、定年になって暇ができた、さあ、どうやって暇をつぶそうかという考えです。お金について考えてみても、たとえば宝くじが当ったとして、可処分所得がどっと手に入った、これを「贅沢三昧の無駄遣い」ですっからかんにしてしまうのか、それともそのお金を「無駄にせず」なにか有益なことに使うのか、それはまさに天地雲泥の違いであります。

つまりは「暇つぶし」とはすなわち「時間の無駄遣い」です。

せっかく手に入った豊かな可処分時間、これを「どうやって役立てようか」と考えれば有効な使い方ができますが、「どうやって暇つぶしをしようか」と考えるなら、それは穀《ごく》潰《つぶ》しなる愚考というものです。せっかくなら、うまく運用して、そこからメリットがあがるようにしたい。いままで仕事のためにあきらめていたこと、やりたくてもできなかったこと、そこに集中して時間投資をするのが良いのではありませんか。

豊かに手にした時間、これをどう「有意義に」使うかを真摯《しんし》に考えなければなりません。

ゴルフだ、パチンコだ、飲み会だ、というようなことばかり考えては、あたら時間の無駄遣い、ひいては人生の無駄遣いになりましょう。

一万時間、練習すれば、ものになる

いま、仮に六十五歳で定年になったとしましょう。

健康であれば、少なくともあと十年は元気で動けます。一年三百六十五日として、十年は三千六百五十日余。それまで一日じゅう会社に拘束されて働いていた時間を八時間とすると、三千六百五十日×八時間で二万九千二百時間。七十五歳までに、およそ三万時間が得られるわけです。これは勤務時間に当る一日八時間を基準に計算したもので、通勤時間や、夜間にもその時間を拡張すれば、五万時間くらいの可処分時間を獲得できると計算できましょう。

イギリスのマルコム・グラッドウェルという人が提唱した、一万時間の法則というのは、良く知られていますが、これは、才能ある音楽家が演奏の技術を習得してものになるためには一万時間の練習を必要とする、という法則です。まあ、世の中はそれほど単純には割り切れないと思いますが、ただ、どんなに才能がある人でも、しかるべきレベルに達するには、最低一万時間ほどの継続的練習が必要だといわれれば、なるほどそれはそうかもしれないと思えてきます。もっとも、この一万時間という数値は、ひとつの標識のようなもので、それ自体に「必要にして充分」というような意味があるわけではありません。

絵であれ音楽であれ、あるいは文学であれ、世の中の天才的人材と呼ばれるような人を見ていると、たしかに厖大なる時間を、技術技巧の習得に費やしている。うまれつきなにも練習せずにホロヴィッツのようにピアノが弾けるとか、そんな人はあるはずがない。モーツァルトなどは確かな天才ですが、おそらく物心つくころから、暇さえあればチェンバロなどの楽器を弾いていたのでしょう。でもそれは努力というのとはちょっと違っていて、もうなにか已《や》むに已まれぬ欲望のようなものに突き動かされて、弾かずにはいられないと、そんなことだったのかもしれません。

だから、そういう真の天才の行実《ぎょうじつ》を、平凡な人が真似ようとしても真似ることはできません。それは天によって選ばれたごく一握りの天才にのみ許されたあり方なのでしょう。

とはいえしかし、私がいつも思うことは、才能とは練習の出来る心のありよう、とでもいうか、練習していてもそれが嫌にならない、どこかもっとやりたい、もっと先に進みたいと思う「気持ち」のなかに才能というものが宿っているということなんです。

そうして、また別の喩えをすると、才能は地中に埋まっている資源のようなものかもしれません。資源は、掘る努力をしなくては決して手に入りません。たまさか、自然に石油が噴出したというような僥倖《ぎょうこう》に恵まれることもあるかもしれませんが、それは音楽で言えばモーツァルトみたいな場合でしょう。大半の人はそうではないから、せっせと掘る努力をして水脈なり鉱脈なり油田なりを掘り出すんです。それは大きな金鉱かもしれないし、ほんの小さな水脈かもしれない。でも、努力して掘り出した水は、きっと甘い。

そんな風に私は思います。

あきらめるってのが、いちばん良くない態度で、あきらめずに続けるということによってしか、才能という鉱脈に辿り着くことはできません。

そこで、そう限りない努力をと思うと、ちょっと心が引けてしまうから、せめて一万時間、やってみましょうよ、というふうに私は提案してみたいのです。

定年後に私たちの手に取り戻した可処分時間は、前述のとおり、三万時間くらいはある。ならば、このうちの三分の一を、なにか新しい技能なり、能力なりを開発するのに投資してみてはどうだろうか、とまあそういうわけなんです。

子どもの頃、やりたかったものを思い出す

楽器であれ、語学であれ、要はなんでもいいのですが、自分がぜひ身に付けたいと思うこと、あるいは、むかしまだ春秋《しゅんじゅう》に富む高校生くらいだったころ、自分が何をやってみたいと思っていたか、それを思い出してみるといい。そこには、ピアノが弾きたかった、ジャズがやってみたかった、留学して外国語の達人になってみたかった、そういう「見果てぬ夢」みたいなものが、誰にもたいてい一つや二つはありそうなものです。

そうなれば、きちんとしたメソッドに従ってまずは一万時間、基礎から稽古すれば、きっとやらなかった前とは違った風景が見えてくるものなんです。しだいに道が開けてくるだろう、とそう考えてみることです。つまり三万時間という自由で豊かな時間の三分の一を投資すれば、自分でも思い掛けないほどの「なにか」を手にすることができる。

これほどまとまった自由な時間を、ただギャンブルだの飲み会だの、そういう漫然たる「暇つぶし」に投じてしまうのは、畢竟《ひっきょう》、「人生つぶし」だと言ってもいいのではありますまいか。

しかるべき先生に習う

ただ、どんな技能でも、それを正しく効率的に習得するには、時間以外にも条件があって、ちゃんとした基礎からのメソッドをやらなければ、どうしても効率が悪いと思います。モーツァルトやリヒャルト・ヴァーグナーみたいな超絶的天才は独学でもなんとかなりましょうが、普通の人が一定の技術や技能をものにするには、やはりきちんとした基礎からのメソッドにしたがって「習う」のが、まあ捷径《ちかみち》であることは動かない。

そのためには、たとえば楽器であれば、ちゃんとした先生について、きちんと個人レッスンを受ける、そして次のレッスンまでに、先生に教わったことを、粛々と反復練習し習熟して次の段階に備える、という努力が大切です。だから、しかるべき師匠について学ぶための資金的投資だって、もちろん必要なことだと言わねばなりません。

個人レッスンというと、高額なレッスン料をとられるのではと思う人が多いですが、案外、クラシック音楽の先生に付くのは、そんなに法外なお金はかからないのです。たとえば○○音楽教室というようなところに行ってピアノを習うとすると、だいたい一回四千円くらいかかるかもしれません。でもそれは、半分はその音楽教室の取り分となってしまうので、先生の収入はごくささやかなものなのです。でも、個人レッスンだったら、有名音楽大学の大学院生くらいの若い先生に付くとして、ふつうワンレッスン五千円から七千円くらいではないかと思います。有名な演奏家ともなればもちろん、もっとはるかに高額なレッスン料だと思いますが、そういう人はなかなか弟子にはしてくれないし、また普通の人が、そうした先生に付く必要はありません。

そこで音楽教室か個人レッスンかと比べてみると、レッスン料はたしかに、個人レッスンは多少高い、しかしながら、その成果の上がり方は、まったく違うものなのです。先生の資質にもよると思いますが、運良く良い先生についてレッスンを受けると、思いがけぬほどにぐんと成果があがる、それが現実です。

定年後です、お金は有効に使わなくてはなりません。

音楽のある暮らし

私は、芸術のない暮らしは砂漠のようなもの、芸術は人間の暮らしの中で非常に大切な要素だと思っています。この場合の芸術には、音楽も美術もあるし、詩や小説などの文学も含まれる。広い意味でのアート、それは人間の生きていく上で、無くてはならないものだと私は思っています。

経済とか、法律とか、事業とか、そういうものが社会に必須のものだとしても、それだけでは人間は決して幸せにはなれません。不要不急のように見えて、じつは切実に必須のもの、それが芸術です。

むかし『芸術力の磨きかた』（ＰＨＰ新書）という本を書いたことがあります。そこにも詳しく書いたのですが、やはり人間の人間らしい営みということでは、芸術は必須の「心の栄養素」だと言ってもよいと思います。

なかでも、音楽は、直接心に訴えかけてくる力があります。

よい音楽、それは人によって、どんなものを良い音楽と感じるかはまちまちで、一定の定義があるわけではありません。要するに、その人にとって、欠く事のできないもの、それを聴いていることで、心が慰められたり、熱くなったり、反対に鎮《しず》められたり、そういう心理的作用をもったものが、それぞれの人にとっての良い音楽なのだろうと思います。

私自身は作家ですから、文章を書くのが仕事ですが、時には詩も書きます。もうずいぶん多くの詩を書いて、それがさまざまの作曲家たちの手で歌曲や合唱曲にもなりました。そのとき、作曲家たちがよくこう言ってくれます。

「林さんの詩のなかには、リズムがあって、音楽が内在しています」
なるほど、それはそうかもしれません。じつは、文章でも音楽的なリズムが内在していない文章……たとえば官庁のナントカ白書とか、年次報告書みたいな文章、あれはじつに読みにくくて味わいがありません。もともと、読んでもらいたいと思って書かれたものではないからなんでしょう。

またときどき自分史だとか、回想記などを書いて出版される人もいます。それも正直いえばじつに読みにくい文章であることが多い。自分だけが面白がっていて、人に読んでもらおうという意図が薄弱だからなのでしょう。そうして、そういうつまらない文章に共通の属性は、「音楽がない」ということです。文章にリズムがなく、だらだらとしている、そういうのはやはり読む気がおこらないのです。

ひるがえって、古くから現在まで生き残って……つまり読み継がれて、こんにち古典と呼ばれるようになった本には、みんな音楽的なリズムがあるのです。

『源氏物語』『平家物語』などの物語類はもちろん、『枕草子』『徒然草』などの随筆文学にしても、こう朗々と朗読しているとうっとりと心に沁《し》み入ってくる音楽性があるのです。

そういうテキストに内在する音楽性を、そのまま音にすれば、それは語り物の芸能ともなります。その洗練されたものが能楽のようなものにもなる。

みなテキストそのものに音楽性がなければ、それが叙事詩として歌い継がれることもなく、したがって古典として残っていくこともありません。

そんな意味でも、音楽というのは、じっさい学校の音楽の授業でやるようなことだけではなくて、もっと生活全般に及ぶ、とても広く重要なものだと思います。

過去の経験がいまにつながる

私自身のことを少し申しますと、私は小学校に上がると同時に、ヴァイオリンを習うようになりました。別に親に習わされたのではなくて、どうしても習いたいと言って、親に頼んで習わせてもらったのだそうです（もう忘れてしまいましたが）。なぜ突然にヴァイオリンを習いたくなったのか、それは謎です。しかし、教わったのが老人のおっかない男の先生であったことも災いして、これは小学校四年までしか続きませんでした。まあ才能もなかったということですね。でも、音楽はどうしても好きだったもので、高校時代はフォークソングのギターを独習し、大学に入るとクラシックギターをやるようになりました。

大学生のころから、能というものに興味を持ち、これは国文科の学徒としての研究上の必要もあったのですが、やがて観世流の津村禮二郎師について、謡、仕舞、小鼓なども本格的に稽古するようになり、和洋ともに、なんらかの音楽が常に身近にありました。

じつは音楽好きは母譲りで、母は声楽が大好きでした。オペラ歌手が朗々と歌う放送などは、ほんとうに楽しそうに鑑賞していたのが思い出されます。また、母はコーラスなども積極的に参加して楽しんでいました。また、兄も音楽が好きで少年時代はマリンバを習ってかなり巧みに演奏していましたし、また歌が好きで、慶應義塾高校から大学と混声合唱の楽友会で活動していたものです。亡くなった妹は小さな頃からピアノを習って、小学校から国立音大の付属小学校に入り、大学までずっとピアノをやっていました。そんなぐあいで、私の育った家は、みななにかの音楽とかかわっていて、いつも誰かが音楽を奏でている、そんな家だったのです。それが、私のその後の音楽好きの人生に、やはり大きな影響を与えたことはたしかだろうと思います。

そういうなかで、母は晩年に至っても、いわゆる声楽の、本格的な美声の歌がとても好きでした。私も、たとえばヘルマン・プライみたいな人が歌う『冬の旅』なんてのを聴くと、ああいいなあ、歌ってみたいなあと、いつも思ったものです。そこでそのスコアを取り寄せて、さあ歌ってみようと思っても、こればかりは手も足もでない。

それで、声楽的に歌うことはあきらめて、若いころはもっぱら能楽の謡ばかりやっていたものです。そのうちに、謡のほうは津村師主宰の能の会の公演ではいつも地謡の一人として舞台を勤めるようにもなりました。

しかし、運命というのは不思議なものです。

一九八四年から八七年にかけて、日本の古典籍の書誌学研究のためイギリスに留学しました。このあたりは『イギリスはおいしい』などに縷々《るる》書いたので、ご存じの方も多いと思うのですが、まったく偶然の幸いから、有名な児童文学者ルーシー・マリア・ボストン夫人のマナーハウス（領主館）に、ただ一人、離れ（Annexe）を借りてすむことになりました。その館では、夫人のために、世界的に著名な音楽家が折々にやって来てはコンサートをするのでした。

そういうコンサートがあるときには、終演後は数人の客人と食事をともにし、そのあとは楽しく歓談してすごす、そういう経験をしました。

そんなある日、ボストン夫人に「あなたも日本の歌を歌ってくださらない？」と言われたので、内容を英語で説明したうえで、能の謡曲を謡ったことがあります。すると夫人が、「あなたはとても良い声をしている。能も良いけれど、むしろ本格的に声楽をやったほうが良いのではありませんか」

と言ってくださったのです。

私が、そうだ声楽をやろう、と意識した瞬間です。

練習は不可能を可能にする

そうは思っても、なかなか声楽などを習いに行くということもできず、そのまま、帰国して、やがて『イギリスはおいしい』を書いたところ、これが思いもかけずベストセラーになってしまって、その後、ふとした機縁で、東京藝術大学の音楽学部の助教授に任官するという幸運を得ました。

そこで、ああ、これこそは、声楽を学ぶべき天与の機会に違いないと私は思いました。

最初は、研究室の副手をしていたソプラノ歌手の洪純玉《ホンスノ》さんに手ほどきを受け、やがてテノールの勝又晃《あきら》さんに本格的なレッスンをしていただくことになりました。さらには、バリトンの田代和久さんに厳しくお教えをいただいて、歌うことが、私の人生の欠くべからざる要素となったのは、不思議なくらいです。

やがてほんとうにありがたいことに畑中良輔先生や、イタリア古典歌曲の第一人者嶺貞子先生にいろいろ御指導を頂くことになってしまいました。

　畑中先生は、私の歌を聴かれて、それからは何回も、御自身の主宰する演奏会に私を呼んでくださった。そうして、私の作詩した『あんこまパン』という難しい歌曲を歌うようにと励ましてくださいました。しかも歌ったあとには、かならずお手紙をくださって、歌唱についてのアドバイスや激励を下さったものです。その幾つものお手紙を、私はいまも大切にして、折々に読み返しては心が熱くなる思いがします。

　声楽を習い始めたころ、私はヘ音記号が読めなかったこともあり、読譜力を付けるために、まだ大学院生だった作曲科の教え子、上田真樹君にソルフェージュの訓練を受けるやら、とうとう歌うことから離れられない人生を踏み出すことになりました。

　そんなある日、嶺先生が、

「こんど、旧東京音楽学校奏楽堂で、「イタリア・ルネッサンス歌曲の夕べ」という演奏会をするので、あなたも出てお歌いなさい」

　と言われました。それは、無論有料の演奏会で、私以外はすべてプロの声楽家たちの出演するコンサートなので、私は吃驚《びっくり》仰天しました。

「何を歌ったらいいんでしょうか」

と伺ったら、先生は、

「パスクィーニの「コントランキーリョ・リポーゾ」をお歌いなさい」

と言って、ぽんと楽譜を渡されました。パスクィーニも知らなければ、そんな楽曲も聞いたことがありません。しかも、楽譜を見てみると、実に難しい歌ではあり、いろいろ調べてもCDなどの音源も出ていない。ただもう楽譜だけを頼りに、それを半年で仕上げ、プロばかり出演する有料の演奏会で歌い手の一人として歌えという、これはいくらなんでも無理難題というものでした。

しかし、練習は不可能を可能にす、という小泉信三先生の教えを思い出して、忙しい日々の合間を縫って、必死に練習しました。

それはもう、死ぬ思いで練習しました。嶺先生の御自宅にも伺ってレッスンもしていただきましたが、さんざんに叱られて、くじけそうになりながら、しかし、先生の教えて下さった通りに真似してやってみると、いままでどうしても通して歌えなかったところが、ふっと歌い通せたりする、そんな経験もしました。ありがたいことでした。

結局、なんとか本舞台で歌うには歌いましたが、自分でもそれは決して上出来だったとは思えません。大恥をかいたといえば、その通りです。それでも、人前で恥をかく、そのことを覚悟して努力することが、最後には大きな進歩を与えてくれるのです。

下手でも平気な顔して人前で披露する

『徒然草』に、兼好法師もこう教えています。

「能をつかんとする人、「よくせざらんほどは、なまじひに人に知られじ。うちうちよく習ひ得てさし出でたらんこそ、いと心にくからめ」と常に言ふめれど、かくいふ人、一芸も習ひ得ることなし。いまだ堅固《けんご》かたほなるより、上手《じやうず》の中に交りて、毀《そし》り笑はるるにも恥ぢず、つれなく過ぎて嗜《たしな》む人、天性その骨《こつ》なけれども、道になづまず、妄《みだ》りにせずして年を送れば、堪能《かんのう》の嗜まざるよりは、終《つひ》に上手の位にいたり、徳たけ、人に許されて、双びなき名を得る事なり」

つまりこういうことです。

「もしなにか一芸を身に付けようと思う人が、「あまり上達しないうちは、中途半端に人に知られないようにしよう。秘密裏によく習い得て、すっかり上手になってから、いきなり人に披露するなんてのが、いかにも心憎いやりかたであろうがな」などと言うようであるが、そんなことを言う人が、一つの芸だって習得できたためしはない。まだいっこうに下手くそで未熟な芸であっても、その頃から上手の人たちに交じって、馬鹿にされ物笑いにされつつも恥じることなく、じっと平気な顔でがんばって練習を続ける人は、生まれつきの才能は大したことがなくても、怠けることなく努力し、また自分勝手な自己流に陥ることなく、長い年月そうやって過ごすならば、生まれつき才能があっても自己満足して練習をおろそかにするような人よりは、最終的には上手になり、次第に一芸を認められ、人もあの人は上手だと褒めるようになって、ついには並び無い名声を得ることである」

こういう考え方は、これから定年後になにか一つの芸術に取りつこうとする人が、かならず弁えておいたほうがよいことです。諦めない、慢心しない、怠けない、そうして名人上手の教えも受け、人前に出て恥をかきながら学んでいく、そういう心がけがなにより大切だと思うのです。

嶺先生は、人も知る大変厳しいおっかない先生でしたが、親しくなると、ほんとうは心のとても温かな先生で、ある時、

「あなたはほんとうに良い声をしているから、もし本気で歌い手になる気があるならいく

らでも教えてあげます」

と言ってくださったことがあります。私は本職の歌い手にはなりませんでしたが、しかし、今は亡き嶺貞子先生に、厳しい厳しい嶺貞子先生に、そう言っていただいたことは、一生の心の宝となっています。

練習するのは苦しい。苦しいけれども、実際に舞台に立って人に自分の歌を聴いてもらうには、明けても暮れても練習するしかないのです。

そして、苦労の末に、実際に舞台に立って歌うと、まことに、「百回の練習よりも一回の本番」という箴言《しんげん》の通りなのです。

努力をして無駄だったということは、一度もなかったように思います。

でも、努力しないで、あとで後悔するのはつまらない。

努力して、それ相応の実りを手にすることこそ、生きていることの大きな楽しみに違いないのです。

定年後の生きがい

「生きがいとはなんだろう?」と、正面きって問われると、これでなかなか答えにくいものです。

なにしろ、人はそれぞれ、生まれつき持っているものが違います。

それが仕事なのか、あるいは仕事を離れた「なにか」なのか、そこもまた人それぞれで、一生を仕事一筋で生きていく職人衆などの場合、あなたの生きがいは何かと問えば、

「死ぬまで、この技を突き詰めていく、自分でなければできない技を目指すのが生きがいです」

なんて答えるかもしれません。寿司職人なら、

「やはり、自分の店を持って、一生付け台に立って、お客さんの喜ぶ顔を見せていただくことが、生きがいでござんしょうかね」

と言うかもしれません。

私の場合はものを書いて多くの方に読んでいただく、そうして思いを共有して下さる方が一人でも多いことが、生きがいでしょうか。しかもその生きがいである「筆一本」で生活していけるということは、なによりもありがたいことと感謝しなくてはなりません。

では、ほんとうに文章を書くことだけが生きがいなのか、と自問してみると、かならずしもそんなことはないと答える声が聞えます。やはり明けても暮れても文章を書いている

というのでは、息が詰まってしまうことでしょう。そういう「仕事」を離れたところに、別の生きがいを求めるというのは、私にとっては自然なことです。

よく、生きがいを捜したいのだが、どうしたら良いでしょう、というお尋ねに接することがあります。そのとき、私は、こうお尋ねすることにしています。

「あなたは、高校生のころ、何になりたかったですか」

と。誰だって、今ある自分の人生が確定するまえ、まだ星雲状の曖昧な未来をたくさんに持っていた青年時代には、それが仕事にできるかどうかなんてことを考えずに、ただただ楽しくて努力していたことがあったことでしょう。それはもう十人十色ですが。

実のところ、中学生くらいの頃まで、私は画家になりたいという夢を持っていました。青木義照《ぎしょう》先生という洋画家が私の絵の師匠でしたが、デッサン、油絵、水彩画などさまざま教えていただきました。いまでも、自著に挿し絵を描いたり、あるいは装訂のデザインを自分でやったり、美術的なことにそこそこ携わっていますが、あくまでこれは趣味の世界で、絵描きになることはできませんでした。高校生の頃に悟ったのですが、世の中で絵描きになるというのは、こりゃ大変なこと、よほどの才能と努力と我慢がなくてはなれるものではない、と悟って、絵描きの夢は封印した覚えがあります。

趣味でも決死の覚悟でやれば「生きがい」になる

それで、次に自分は何になりたいだろうと思ったときに、これは絵描きよりもはるかに切実に詩人になりたいと思ったものでした。

でも、詩人になるのは、これまた雲を摑《つか》むような茫洋とした筋道で、どうしたらよいのか見当もつきません。しかたなく、私は文学の道を行くことにしたのでした。国文学を学び、古典を学んで、日本語の世界を広く深く勉強してみよう。それで学校の先生になって、詩は諦めずに書き続ければ、そのうちなんとかなるかもしれない、そのくらいのことは思ったかと記憶します。

こんなふうにして、私は本職が国文学者ということになり、古典文学の研究が生きていく筋道となりましたが、いっぽうで、その絵描きの夢、詩人の夢は、消えてしまったわけではありません。

こうして、いま作家として独立の仕事をずっとやっていくなかで、ふと挿し絵を自ら書いたり、あるいは声楽曲・合唱曲のための詩を作ったり、そうやって私が中学生・高校生のころに、雲を摑むように曖昧な夢としてもっていたことが、具体的な形をとって、実現しているのです。画家にも詩人にもなれなかったけれど、しかし、絵を描き、詩を書く、そのことが私の仕事と関連しながらも、大きな捨てがたい生きがいとなっていることは事実です。

まだ実際にやったことがなくて、でもやってみたいこと、という夢も残っています。たとえば「エッチング」。

もともと版画という分野は大好きで、川瀬巴水という大正・昭和期の新版画の旗手であった木版画家の作品を深く愛好する者でもありますが、ただ、自分でやってみたいとなれば、木版よりもエッチング、すなわち銅版画です。実際にやろうとすると版にする銅板や、それを腐蝕させるための硫酸のような劇薬やプレス機などの諸設備が必要なので、初期投資がかかりますし、それなりの場所も必要です。技術的にも相当に難しいものがあるでしょうから、これは専門の先生に付いて教わらないとできないだろうと思います。でもまた、このなんとなく門戸の閉じられた感じが、かえってそそられるところなのでもあります。なんだか、自分のなかに、自作のエッチングの「好ましい作品イメージ」が既に存在している気がします。

でも、これをもしやり始めると、私の場合、声楽と同じように単なる道楽では満足できず、やはり自分の本の装訂や挿し絵に応用したり、あるいは個展を開いて販売したり、そんなことまで突き進みそうな気がします。

逆にいえば、生きがいを、もし趣味の世界に求めるとしたら、「趣味だからほどほどにしておくか」と思って、まあ下手の横好き、御隠居の義太夫、みたいなところで満足するのでなくて、いわば本職になるほどやったほうがいい、と私は思っています。

いや、なにごとも本職の道は厳しいので、そうやすやすと本職になどなれるわけもないのですが、でも、趣味だからほどほどに、でなくて、決死の覚悟くらいで努力すると、その先に自分の果せなかった夢の実現が待っているかもしれないのです。それこそが、ほんとうの生きがいの趣味となる、私はそんなふうに思っています。

忙しい時でも、いろんなことを掛け持ちする

しかしまた、「暇あるを待ちて書を読まば、必ず書を読むの時なからん」と古諺《こげん》にもいうとおり、今は仕事で忙しいから、定年になって暇ができるまで後回しにしておこう、と思っていたら、なにごとも出来ぬまま終わってしまいます。

忙しいからこそ、同時に努力しなくてはなりません。

私も若い頃から暇人だったことは一回もありません。

常に二つも三つも仕事を掛け持ちし、家族との時間も確保し、それでいてその超忙しい時間をやりくりしながら、むしろ寝る間を惜しんで、趣味の能や声楽、絵を描く、詩を作る、などの「もう一つの生きがい」に諦めず励んできた結果、世の中の定年の年に近づくころに、次第にそれが手に付いた技術となり、結果として実ってきたと、そんなものなのです。

以前、上野栄子さんという方が、こつこつと独力で『源氏物語』の現代語訳を、家事や子育て、また介護などの生活の傍ら、十八年という長い年月をかけて成就し、自費出版の形で出されたということがありました。その評判を知った日本経済新聞社が、これを再刊したのですが、『源氏物語』のような長大かつ難解なる大文学を、孜々《しし》として一人で現代語訳したというのは、その人にとって、まさに一生の一大事、しかしそれだけに、どんなに大変な大仕事であったとしても、訳しながら、大きな大きな生きがいを感じておられたことでしょう。

この上野さんの大作はまた別格ではありますが、学ぶべきところはすこぶる大きいと思います。つまり、今の時点で、もし仕事以外にやりたいことがあれば、定年まで待とうとのんびり構えていないで、ただちに始めることです。それが、やがてなによりの助走となって、定年になる時分には、だんだんと実りが現れてくるのです。定年後に、ほんとうの意味の趣味に生きたいと思う方は、さあ、現役の今、助走の一歩を踏み出そうではありませんか。

俳句は教わるものではない

定年後の趣味、といえば、まずは碁将棋、俳句に短歌、自分史執筆、女性なら手芸とかそういう、いかにも趣味らしい趣味を思い浮かべる人も多いことでしょう。

実は、私は碁将棋のような勝負事には一切手を染めない主義なので、ここでは触れません。麻雀やトランプ、コンピューター・ゲームなどもやはり勝負事ですから、当面のテーマから除外します。ましてや、競馬・競輪・カジノ・パチンコなどという賭事は、最初から定年後の人生からは排除したい事柄です。射幸心に煽《あお》られての賭博的遊興は、これはもう収入の少なくなる定年後には、一切やってはいけないことだと思うからです。

以上のように措定《そてい》したところで、ここでまずは俳句について考えてみましょう。

皆さんは「俳句」と聞いた途端に、それじゃ、どこかのカルチャーセンターか、自治体の運営している市民講座か、なにかそういう団体に属して「教わる」ということを第一に考えはしないでしょうか。

それで、カルチャーセンターなどの俳句講座に通ったりするのは、ごくごく普通のありようで、どうかするとだんだんに面白くなってきて、そのカルチャーセンターや講座の先生の主宰する俳句結社に入会したりするかもしれない。

で、なにかそういう筋道を辿らないと、俳句などは難しいものだから、と頭から決めつけている人が多いように観察されますが、待って下さい。果してほんとうに、俳句はそのような方法を必須とすべきものでしょうか。

私は、どちらかといえば、結社などに属することはよしたほうがいいと思っています。俳句は、それぞれの人の個性が短詩型のなかに凝縮して表れます。そこがもっとも面白いところで、同じ景色をみても、十人いれば十通りの観察や感じ方があります。それをまた表現するのに何十通りもの表現がある。そのくらい自由に考えたほうがいいのです。

ところが、結社の主宰なり講座の宗匠なりの先生につくと、その先生の見方・考え方・表現法が、いわば「お手本」になってしまう嫌いがあります。そうなれば、そういう「お手本」式の発想から、A先生の弟子はリトルA、その弟子はまたタイニーリトルA、というように縮小再生産して行く関係で、だんだんとその結社なりの「月並み」に堕していく傾向が顕著です。

でも、俳句は、お茶やお花のように「型」のある芸道ではありません。

俳句は「文学」なのです。五七五の僅か十七音節の超短詩型であっても、れっきとした文学の一つです。そうなるとさて、文学がお師匠さんの言いつけを守って、一つの型を金科玉条と心得るようでは、どんなものでしょうか。それは非文学的なありようで、もっと自由な「表現の遊び」でありたいと私は思うのです。

もっと自由に、言い換えれば自分勝手に、試行錯誤することが、いわば上達の王道だと私は信じています。

とはいえ、俳句には、一つの約束事があります。

それは、五七五という「形」と、季語というものの存在です。

しかしながら、種田山頭火《さんとうか》や尾崎放哉《ほうさい》に代表されるような自由律俳句というものもあり、季語なんか超越した前衛的な俳句だってあり得ます。芭蕉にも、『笈《おい》の小文《こぶみ》』に

「歩行《かち》ならば杖つき坂を落馬哉
　と、物うさのあまり云出侍《いひいではべ》れ共《ども》、終《つひ》に季ことば入らず」

　と、自ら季語が入らなかったと述懐している無季の句があります。三重県四日市に近いところにある杖突坂という急坂を馬で上っていたときに、荷鞍《にぐら》がひっくり返って落馬してしまったというのです。苦し紛れについ口から出た句だというのですが、これについて、芭蕉自身は、「杖突坂の落馬」という俳文のなかで、「雑《ざう》の句といはんもあしからじ」と評しているくらいで、無季の句というものが決して存在しないというわけでもないのです。

　がしかし、初心者がそういう奥の手のような句を作るのは考えもので、やはり「有季・定型」という約束事を守って、いわば俳句らしい俳句を作るところから出発したほうが良いでしょう。

　まず、そう決めれば、あとは、
　1　季語の辞典である「歳時記」。
　2　つねに思い浮かんだ俳句を書き留めておくノートとペン。
　この二つを用意して、さあ、あとは自由に、見たまま感じたままを、なんとか五七五の形に作ってみる、というところから、各自歩き始めればよいのです。

さらに、いちばんよい勉強になると思うのは、先人の句を読むことです。いま右に挙げた「歳時記」には各種有りますが、どれでも構いません。これは単に季語の集成というだけでなく、数多くの例句、名句が列挙されていますから、それらを丁寧に読み、どんな景色だろうか、なにを感じているのだろうか、などよく考え、味わう、そこから俳句は急に親しいものになっていきます。

あるいは、穎原退蔵著『俳句評釈』（上・下、角川文庫）のように、偏《かたよ》りのない、また学識に裏付けられた古典俳句の概説評釈書を座右に置いて、ちょっとした暇あるごとに、古今の古典句を広く読み味わう、そんなことも非常によい楽しみであり、勉強でもあります。

つまりは、一定の句風に凝り固まった結社に所属して、師匠の作りかたを金科玉条と心得るような行き方よりも、やはり古今の名句をあれこれ広く読み味わう、そこから出発したいものです。さすれば、俳句を作るのはそんなに難しくもなく、しだいにどんどん楽しくなっていって、旅に出ても、日頃の生活のちょっとした事にでも、ふと俳句が湧き出てくるようになっていきます。それでいいのです。

教わるのではなく、自ら学ぶ

そして、常住坐臥《じょうじゅうざが》いつも俳句を作ろうと思っていることが大切で、私は四六時中胸のポケットにメモ用紙とペンを入れています。なにしろアイディアはいつ湧き出てくるか予想ができないからです。思いついたら即座にメモする、これが俳句作りの大秘訣です。

次にそれを推敲《すいこう》して、完成句を作る作業です。

私がいつも胸ポケットに入れているメモは、Ａ４の紙（使用済みの紙の裏紙使用でよいのです）を縦に四つ折りしたものを更に横に二つ折りして名刺サイズに作ったものです。この紙に、思いついた句をささっと書きつけておく。そうして、家に帰ってから、すぐにコンピュータ上の句帳に転記して、さあ、そこからが楽しみの推敲作業です。

ひとつの表現を思いついたらそれで良しとするのではなく、もっといい表現があるんじゃないか、この時の気持ちにもっとぴったりとくる表現がありはせぬかと、とつおいつ考えるのです。どうかすると、十も二十も句形を試し工夫してみる。語順を変えてみたり、さまざまな形を試してみて、どうもなにかもう一つだなあ、なにかが違うな、などと思っていると、ある時、パッと「これだ！」という形が思い浮かんだりします。

そうやってやっと完成作にたどりつくわけで、あくまでもそういう自分自身での詳密な検討と努力が、俳句づくりの最大の楽しみだと思っています。文学というものは自分でやることが大事なのです。先生に直して頂こうというつもりで、自分で熟考しないのは、つまらないことだと思います。

楽器などを習うときは、メソッドを守り、つねに師匠に修正指摘してもらう必要がありますが、文学は先生に教わってどうにかなるものではない。私も文章を書くのを仕事としていますが、今まで文章の書き方など誰にも教わったことはありません。

文学は、下手くそでも自分勝手でも、誰も文句はいわないし、誰に迷惑をかけるわけでもない。みんな各自が自由にやればいいわけだと思うのです。

ただ、俳句好きの仲間を募って、月に一回、あるいは週に一回でも、句会を開くということにしておくと、それを目標として常に俳句を考えたり、考えた俳句の推敲をしたりするモティヴェーションが出来ます。その過程で歳時記を読んでみたり、先人の俳句を読むといった勉強もするようになるでしょう。

そんなふうにして、あるときは仲間と助け合いながら学ぶというのは、おおいに結構ですが、一方的に教わるものではなく、自ら学ぶことがなによりも大事なのです。

アイディアが生きている時間は三十秒

私自身は、いままで俳句でも短歌でも、師匠というものに付いたことは一度もありません。最初から一貫して独学自習という態度です。

それでも、もう十年くらい私も句会を主宰していますが、これは決して結社ではありませんし、私が師匠というわけでもない。

ただ、月に一回、十五人くらいが集まる句会を開き、兼題《けんだい》を一つ出題するだけで、あとはまったく自由です。

「兼題」というのは「かねて出しておく題」という意味で、前もってなにかテーマを決めて、皆が同じ題をめぐって作句を競うという趣向です。

一般的な句会では季語を兼題にすることが多いですが、私の句会では、そういうことはなく、あるときは「島」、あるときは「嘘」だったり、ちょっと意外な題を出します。また「自由律俳句」という題を出すこともあり、伝統的な季語で「料峭《りょうしょう》」などという凡《およ》そ俳句でしか使わない季語を出題することもあります。それまた自由自在で、場合によっては写真をメールで送信して、その写真が兼題などということもあります。すべては主宰の私のアイディアで、そこからさてどんな句が思いつかれるだろうかと、毎回面白がっています。

私の句会「夕星俳座《ゆうづつはいざ》」では、各自から四句ずつ出句してもらい、それを私の秘書のところまで、メールで送ってもらいます。秘書はこれを、シャッフルして一覧データを作り、当日皆さんに配って、すぐに選句をしてもらいます。選句は各自六句。うち一句を特選として二点を与え、並選は一点。この得点を集計して、高得点句から順次合評していくという、まあ字で書けばそれだけのことなのですが、それが面白い。

全員匿名で出しますから、まったく平等。主宰だからって何の特権もありませんし、みんなにコテンパンに言われることもあります。自由で闊達で、まことに面白いものです。

かくして、毎月の句会に出すという前提があれば、日々の生活のなかで、何でも句の材料となるものです。その身辺のことどもを味わい、観察し、写生して、句を作る。句想はいつ降ってくるとも予見できないので、四六時中常に書き留められるように、前述のごとくメモ用紙とペンを常時携行しているわけです。

そうして、思いついたら即座に書かないと、アイディアなんてものは、三十秒くらいしか生命がありません。一分でも他のことをやってしまったら、もう忘れて思い出せなくなります。だから、ともかく即座に書き留めることが必要です。が、その書き留めは、あくまでも第一草稿なので、それからコンピュータ上で、縦横に推敲して完成の句形を得る、その過程が最も楽しいのです。ある時は、五七五のうち、五七までは思いついたけれど、下五《しもご》が思いつかない、なんてこともある。そういうときは、とりあえず、その五七だけを書き留めて、あとでゆっくりと嚢中《のうちゅう》を探りながら、下五を考えるのが良いと思います。

俳句の楽しみというのは、そういうすべての過程の総和なのだと、そう思っておいてください。

早期退職という選択肢

五十歳で大学を早期退職

私は定年を待たず、五十歳という区切りを迎えたときに、当時勤めていた東京藝術大学を退職しました。東京藝大の定年は六十八歳ですから、定年まで十八年を残していたということになります。大学の教師という仕事は専門職で、充分やりがいもありますし、教え子という「宝」を持つことのできる、ほんとうに楽しい仕事でした。

しかしながら、人に教えるということは、傍《はた》で見るほど楽なことではなく、なにより教えるためには、こちらも常に勉強して講義のための用意をしなくてはなりません。なかには、毎年同じ内容を繰り返して教えるばかりで、冗談まで同じところで同じことを言うなどという人もいることはいます。学生は毎年変っていくので、同じことを教えようと思えば、それは無論可能なわけです。しかし、それでは自分自身が退屈してしまうだろうし、いやしくも自分が飽き飽きしているような講義で、学生を引きつけることはできない相談です。学生も真剣、教師も真剣、それである緊張感をもって向き合ったときに生まれる「火花」、それこそが教師としての生きがいやりがい、なのです。

そうするためには、莫大な時間と努力が必要です。大学の講義は九十分間ですが、学生諸君を前に、九十分講義をして、しかも退屈させないように、実りある講義たらしめるようにしようとすれば、それはふつうの方が考えるより、はるかに大変な勉強が必要です。決して簡単なことではありません。そうしてこの勉強は、畢竟、学生に教えるための努力であって、そこから副産物的に生み出されるものはあったとしても、基本的に自分がやりたいことと一致しているとは限りません。

それはきっと、会社に勤めている人でも同じではあるまいかと、私は想像します。汗水垂らして働いている、そこに生きがいはあるとしても、さあ、自分の本当にやりたいことがその仕事と一致しているかというと、必ずしもそうではありますまい。会社の仕事とは別に、自分にはやりたいことがあるという人も多いのであろうと思います。

となると、どうやってその「やるべきこと」と「やりたいこと」のバランスをとるかが問題となります。

私は、じつは根っからの教師人生というか、学校の先生を二十四歳のときからやってきて、五十歳まで二十六年間続けました。その間、教え子たちとの切磋琢磨は、今となってはほとんど楽しいことばかりが思い出され、それはそれで良い人生だったと総括できます。しかしながら、一方でまた、作家としての仕事は、この教職とは無関係に存在しています。あれを書きたい、こんなことも書いてみたい、そういう思いは無限に沸き起こってきますが、一日は二十四時間、人生は有限で、望みは無限だとすれば、どこかで折り合いをつけなくてはなりませんでした。

それに、私は若い頃からの希望として、いずれは『源氏物語』の現代語訳という大仕事をやり遂げたいと思っていました。これは三十歳になる前から、心のどこかにずっと燃え続けている焔のようなものでした。しかし、このまま大学教師を続けると、自分に残された時間はどんどん減っていく。といって講義のための勉強はなおざりにはできません。

有限な時間と、大きな目標との間で、悶々としながら、どこでそれを折り合わせるかと、私はいつも考え続けていました。もし仮に六十八歳の定年まで勤めていたとすると、さあ、それから『源氏物語』を書くだけの気力と体力と時間が残されているだろうかと想像したときに、ちょっとそれは楽観的すぎると思ったのでした。

そこで、教職に就いて二十六年、三十歳で大学の教員となって二十年になる、五十歳という年をひとつの区切りとして、私は教職という衣を脱ぎ捨てて、作家専業になろうと決意しました。そうすれば、念願であった『源氏物語』の新訳を書きたいという願いに実現の目処がつきます。

五十歳で職を退き、それから十年間をいわば助走の期間として、六十歳からその『源氏物語』の新訳を書き始め、二年間で翻訳し終えるという予定を立てました。実際には、源氏は大変な作品で、『謹訳源氏物語』を書き終えるまでに三年八カ月を要したのですが、これも、大学に勤めていてはとうていおぼつかないところでありました。

『源氏物語』の現代語訳は三十代の頃からやりたいと思っていました。けれども、桃栗三年柿八年、種を蒔き、苗から育てて実りを得るためにはどうしても長い時間がかかります。ですから、そのための準備と実施のために、すこし早めに勤めを切り上げて、まだ体力気力を充分に残して第二の人生に踏み出したわけです。

会社においては早期退職するという場合は、いくつかの可能性があり、一つは業績不振などの折に勧奨退職制度に応じるという場合、またあるいはまったく会社の仕事と関係なく、自分の第二の人生設計のために、自発的に退職するという場合、親の介護のためにやむを得ず退職するという介護退職なんてのも、最近はよく耳にします。そのいずれであれ、会社のために自分の人生を無条件に売渡してしまわない、力を残して早期退職し、あとは自分が「やりたいこと」をやる、そういう考えに立って、新しい航路に漕ぎ出すという心が必要です。もし会社であまり志を得ずして、勧奨退職の時を迎えたとしても、それに応ずる代わりに退職金をいくらか割り増しにしてもらうという人生設計も、充分に考慮されるべき選択肢のひとつだろうと思います。介護退職も、あるところで見切りをつけて親を老人養護施設に預かってもらい、あとは自分の人生を取り戻すという行きかたも当然あってしかるべきかと思います。

早期退職に必要なのは強い意志

人生、思いつきで軽々《けいけい》に動くのは失敗する基です。

『徒然草』第百五十五段に、こう言ってあります。

「春暮れて後、夏になり、夏果てて、秋の来るにはあらず。春はやがて夏の気をもよほし、夏より既に秋はかよひ、秋は則ち寒くなり、十月は小春《こはる》の天気、草も青くなり、梅もつぼみぬ。木の葉の落つるも、まづ落ちて芽ぐむにはあらず。下よりきざしつはるに堪《た》へずして落つるなり。迎ふる気、下《した》に設けたる故に、待ちとるついで甚《はなは》だはやし」

「春が暮れてから、夏になり、夏が果てて後に秋が来るというわけではない。春のうちにすなわち夏の空気がもよおされて、夏の間にすでに秋の気配が通って来る。十月は小春日和、草も青く萌え出て、梅も蕾を持つだろう。木の葉が落ちるのだって、まず葉が落ちてから新芽が出てくるのではない。下から新芽が兆し膨らむ、その勢いに押されて落ちるのである。つぎにどうなるかということを迎え待っている気が、すでに下に設けられているがゆえに、機を待ち得て交代する順序が、甚だ速やかなのである」

なるほど、季節の運行というものは、つねに前もって次の季節の用意が調《ととの》って、それから次へと移ってゆく、そういう順序だからこそ、滞りなく順序正しく季節は巡っていくのであるという観察ですが、人生もまたこれに同じではあるまいかと、私は思います。なんの用意もなく、ふと思いつきで辞めてしまっては、その次の用意ができていなくて、やがてその退職は失敗であったと泣きべそをかくかもしれません。四時《しいじ》自然の運行に見習うようにして、まずは現役のときに、新芽の蕾を内に抱き、それが充分膨らんできたその圧力で古い葉を落すように現役を退く、とそうありたいものです。

いかに、いま現役でバリバリ働いている自分に自信があろうとも、その肩書きや特権を取り去った後の自分の人生について、なんの用意も展望もなく現職を辞めてしまうのは、どうしても得策ではありません。

働いている時から次を見越す

私も『源氏物語』の現代語訳を書きたいと思った若い頃から、常に「次」を考えていました。三十歳の時に東横短大という短期大学の教員となり、三十五歳のときにイギリスに渡り、四十一歳で、そのイギリスでの研究成果として『ケンブリッジ大学所蔵和漢古書総合目録』という本をケンブリッジ大学出版から公刊して、それとほぼ同時に、『イギリスはおいしい』という作家としての処女作を出しました。たまたまそれが思いもかけないほどのベストセラーになってしまったのはびっくりでしたが、こういう成り行きで、私の本職は国文学者であり書誌学者であるということは、世の中にはまったく伝わらず、ただただイギリス通の新人作家という扱いとなりました。それゆえ、ぞくぞくと依頼される仕事はみなイギリス関係のものばかり、ほんとにこれには困りました。なにしろ私は国文学しか勉強していないので、イギリス文学について書いてくれとか、シェイクスピアについて話してくれとか言われても、そりゃもうお門違いもいいところです。

しかし、それが世の中というもので、いったん貼られてしまったレッテルは、容易なことでは剝がしてくれません。ですから、そんな状況のなかで、どんなに『源氏物語』に取り組みたいと言ったところで、出版社は決して相手にしてくれません。

そこで、イギリス物の読者は多いけれど、国文学の関係の読者など皆無だと、そういうことは承知で、片方でイギリス物を次々と書き、同時に、他方少しずつ古典文学についての本を書くようにしていきました。デビュー第三作の『ホルムヘッドの謎』（文春文庫）という本は、イギリス物のエッセイに始まって、すこしずつ、あたかも連句のようにテーマをずらしていって、いつのまにか日本の古典文学をテーマとするエッセイに至る、そんなふうにして、読者を誘導し、来るべき自分の内なる《芽》を育てていったというわけです。そのころから考えれば、五十歳で藝大を辞めたときには、作家として立ってから、十年近い年月が過ぎ、著作のなかに国文学関係のものが次第に増えていって、読者もそれなりに獲得しつつあった、そんなふうに回想されます。

　こういう準備をした上で、満を持して五十歳で藝大を辞し、そこから筆一本の生活を維持しながら、十年間を『源氏物語』の現代語訳の準備にあて、還暦の年を期して起筆し、三年八カ月で『謹訳源氏物語』を成就《じょうじゅ》したという順序です。三十歳のころから数えれば、じつに三十五年近い年月が経ったのでした。用意はいかに慎重に進めても慎重過ぎるということはないのです。

　もともと気象庁のお役人であった新田次郎とか、サントリーの山口瞳、あるいは日本航空にお勤めであった深田祐介や、現役の方では博報堂の逢坂剛さんなど、会社員から作家になった人たちも、次に何をするかをずっと考えて続けてきた人たちだと思います。渡辺淳一や北杜夫も、もともとは医師だった人たちですから、医師としての仕事に力を注ぎながら、やはりずっと文学のことを考えていたにちがいありません。

早期退職するには、なにはともあれ、ほんとうにやりたいことは何かをいつも心に温めながら、いつかは必ず「新しい自分」を構築しようという強い意志を持っている必要があります。

そういう展望や努力なくして、ただなんとなく早期に会社を辞めても、一種の社会的難民になってしまいかねません。くれぐれも現役のうちに、次の時代の《芽》を発見し、育てておくという心がけは忘れないようにしてください。

肩書きのない名刺を作ろう

「すみません、もう現役を退いたので、名刺を持っておりません」

と、こう言って、名刺を出さない人がいます。たしかに、それは会社人間としての自分との決別という意思表示としては「あり」なのかもしれませんが、やはり人から名刺を頂戴したときに、自分は出す名刺がないというのは、ちょっと失礼な感じがします。

だから、自分自身のアイデンティティの表示として、私は定年後も個人的な名刺を作ったほうがいいと思っています。名刺は人とつながるためには便利なツールです。社会のなかで「自分」という人間が存在していることの証明のようなもので、これをメディアとして、趣味や仕事、あるいはボランティアなど、さまざまに定年後の自分が社会と繋がっていくことができるのです。

とはいえ、現役時代の名刺は、たぶん会社が作ってくれたものだろうし、そこには、その人の個人としての姿よりは、会社のスタッフとしてのアイデンティティが全面的に表示されているにちがいありません。

けれども、会社を辞したあとは、人生は誰のものでもなく、ひたすらあなた自身、個人のものであります。それゆえ、定年後の名刺には、肩書きはまったく必要ない、と私は思っています。

私は作家として世の中に活動していますが、ある時はバリトン歌手にもなり、絵描きにもなり、ナレーションの仕事で放送や舞台に出ることもあり、講演者としての活動もある、そのいずれの仕事も、要するに「林　望」という個人として遂行しているので、ナニナニ会社やカレコレ大学のメンバーとしてしているわけではありません。

ですから名刺は作っていますが、そこに肩書きは一切書いてありません。

名前と、公開の住所やメールアドレス、それに作家としてのホームページのURLなど、ほんとうに必要な情報だけをきちんと分りやすく表示してあるにすぎません。さまざまな仕事をするについて、その一つ一つが自分のアイデンティティなのだということを、この肩書き無き名刺は表現しているのです。肩書きをつけないことで、変幻自在にいろいろな仕事をしていきますよ、という覚悟を表しているといってもいいかもしれません。

　できればサラリーマン時代にも、会社とは別の自分の個人としての名刺を作っておくのが良いとおもいます。そうして、会社の仕事では会社の名刺、個人の活動では会社のことは何も書いていない肩書き無き名刺、とそのように使い分けていると、退職後もそれが引き続きつかえて、自分のアイデンティティが、現役時代と退職後とで、連続して意識できると思うのです。しかもその名刺は一生使えるではありませんか。

　たとえば、家庭菜園のサークルでいつも会っている人から「何野《なにの》何樫《なにがし》」という名刺をもらったとします。そこで、ああ、麦わら帽子をかぶっていつも汗ふきふき、畠を耕してる人は、何野何樫さんという名前の人だったのだと初めてわかります。その何野さんは、実は大会社の会長だったり、有名な画家だったりするかもしれない。でも、自分にとっては、肩書きの人ではなくて、あの麦わら帽子の何野さん、とそう思っているほうが親しみが持てるだろうし、最初に肩書きから入るよりも、後からそれがわかったほうが、なにかこう奥ゆかしいお人柄が偲ばれて、はるかに有益だと思うのです。そもそも、個人としての自分自身をきっちりと持っている人には、肩書きなんか必要ないのです。

名刺は、業者に発注しなくても、最近はコンピュータで簡単に自作できますし、名刺用の用紙もいろいろな種類が販売されていて、好みのデザインや紙で作ることができます。ぜひ自分の個人名刺を、自分でデザインして自由に作ってみてください。それもまた、楽しい「定年後への用意」ですよ。

第三章

古きものにいまを見つける

古典を読めば定年後がわかる

噛み応えのある本を読む

定年後の楽しみには読書……とは思うかもしれませんが、なかなかままならないのは、定年後くらいになると、老眼は進むし、それに伴って乱視も出てくる、どうかすると緑内障が発症する人も決して珍しくないし、白内障は必修科目のようなもの。その他にも、斜視、黄斑上膜、加齢黄斑変性、などなど、老化に伴って、目は確実に不具合になっていきます。若いころは、夜を徹して読んでいても平気だったし、寝転んでの読書も楽しかったけれど、年を取ると、そうもいかない。夜になると眠くなってしまったり、寝転んでの読書は老眼鏡かけているとなかなか辛いものがある。

だから、そうそう多くを読みあさるということも出来にくくなります。そこで、同じ読むなら、中身のある本を読みたいものですね。

どうかすると、ナニナニ賞を取った小説だとか、芸能人の何某さんが推薦して評判になってる本だとか、そういうのを読もうと思ってしまう人も多いことでしょう。しかし、そこで考えておくべきは、叙上のように、読むのには若い頃とはちがった「苦労」があるということ、また、読んだことでなにか実用的に得をする必要もないということです。

どうせ読むなら、いままで現役のときには、時間も余裕もなくて読めなかったような、ちょっと歯ごたえのある大著とか、難しそうだと思って敬遠していた古典文学だとか、そういうものに挑戦してみるのこそ、定年後の読書の作法として、もっとも望ましいところです。

ベストセラーなど、儚いものです。十年後くらいには、みんな忘れ去ってしまうような、しょせんは一時的な流行の本に過ぎません。しかし、古典的なものは、それが非常に内容が豊かで面白い、ためになる、というような「本質的な価値」のゆえに読み継がれてきて、それゆえ古典となったものなのですから、こういうときにじっくり読んでみて、決して損なことはありません。

私は原則として、賞を取った現代小説とか、ジャーナリズムの喧伝するベストセラーなどは読みません。人生の時間は有限なので、できれば何十年何百年と先人たちによって読み継がれてきた、そういう古典的な作品をじっくりと読みたいと思います。

入門的な本から読む本を広げる

そうして、読書は、一つの作品を読むと、次にそこからまた興味が引かれて、関連した次の本に取りつく、というような機序があります。

たとえば歴史が好きな人が、司馬遼太郎の『坂の上の雲』を読むとします。まことに面白い歴史小説です。そこで、読後に、主人公の秋山真之《さねゆき》について、「まてよ、司馬遼太郎はこう書いているけれど、本当はどんな人物だったのだろう」と、ちょっと違った興味を持つかもしれません。そこから今度は、小説ではなくて、やや研究的な歴史の本など、少し嚙み応えのあるものも読んでみる。すると明治維新そのものも、もう少し詳しく知りたいと思うかもしれません。そうやって系統的に読んでいくことで、最初の司馬遼太郎の秋山真之像を、批判的に自立的に考え直すことができるかもしれません。

こういうふうに、おのずから広く深くなっていくのが、読書というものの本態です。

最初に司馬遼太郎の本で読んだときには、すべてが明白な「事実」のように描かれているることでしょう。それはそうです、それが歴史小説というものなのです。

しかし、明治時代のことですら、分っていることに比べると分らないことのほうがはるかに多いのです。私自身も、幕末明治の薩摩の青年たちを描いた群像小説『薩摩スチューデント、西へ』（光文社時代小説文庫）という作品を書いていますが、これには史実を調べるのに六年を費やしました。日本とイギリスにまたがって、どれほど一生懸命に史実を研究してみても、じつは限りなく欠損の多いジグソーパズルのようなもので、分らないところはそこここに残ってしまいます。といって、小説ですから、「この所、史実不明」などと書くわけには行きません。そこが学術論文と違うところで、小説は史実の追えないところは、作家の想像力で補わなくてはなりません。そこに創作的想像力が働くのです。

それゆえ、『坂の上の雲』を入り口にして、自分でも歴史的な文献を調べてみて、そこに従来知られていなかった資料などに逢着《ほうちゃく》したら、それを論文で発表するのもいいし、想像力を膨らませて別の小説を書いてみるのもいい。

もちろん、小説となると誰にでも書けるというわけではありませんが、といって、やってみなければ文才があるかどうかなんて、誰にもわかりません。井戸を掘らなければ水は出てこないのです。最初から自分にはそんな才能がないからとあきらめるには及びません。

カルチャーセンターは使い方次第

むろん、世にいくつもあるカルチャーセンターのような講座、あるいは市町村などが市民サービスとして開講している講座、また、有志があつまって開いている雑学大学など、定年後の勉強をするのに好適な広義の学校は、あれこれあります。

自分の才能を発掘したり、磨いたりしようと思う時に、そのカルチャーセンター式の学校に行って講座を受けようかと思う人も多いことと思います。それはそれで、充分意味があり、入門の伝手《つて》としてはよいアイディアです。しかしながら、問題はその先です。

カルチャーセンターの講師の先生の話というものは、その先生が勉強して得た知見のごく一部であり、いわば研究結果を聴いているだけなのです。しかも、その論が正しいという保証はどこにもありません。講義を聴きに行くのは、入門としては良いけれど、そこで聴いたことを金科玉条《きんかぎょくじょう》のように心得てはいけません。
講義で聴いたことは、あくまでその講師の先生の勉強の結果の「一つの解釈」だという
ことを心しておいてください。
そこから、こんどは別の人の書いた注釈書などを参照してみたり、他の講師の話を聴い
たりすることで、また違った知見が得られることでしょう。そういう独立の態度が必要な
のです。
たとえば大学というところは、教授の研究の一つの成果を講義として話しますが、学生
にとって大切なことは、その教授の学説を鵜のみにすることではなくて、教授がどのよう
な資料を使い、どのような筋道で考えて、その学説にたどり着いたかという「筋道」、言
い換えると「方法」を学ぶことなのです。
たとえば秋山真之についての講義があったとしましょうか。その時、その先生が使った
資料、どんな資料を根拠としてその論理が展開されているのかということに留意しなくて
はなりません。
ただ結果としての事実だけを、物知り博士的に教えてくれるのでは、その先が行き止ま
りです。方法と資料をきちんと教えて下さる先生なら、自分でもちゃんとその資料を当っ

てみて、自分なりの解釈にも行き着くことができるかもしれませんね。そういうことが、ほんとうの勉強で、それさえわかれば、それからそれへと資料を博捜《はくそう》し、たどっていって、自分なりの秋山真之像に行き着くことができるかもしれません。

せっかくお金を払って受講するのですから、結果としての事実だけでなくて、その勉強の方法、基礎資料の見方をきちんと学び、そうして自分でどんどん調べていくことをめざせば、こんなに面白いことはありません。

自分一人でやることの良さ

こうした掘り下げは、誰かと一緒になどという心がけでなくて、自分一人で、独立自尊的に遂行《すいこう》するのがよろしいでしょう。一人でやっていれば、いやになったらいつでも止《や》められるし、もっと面白いところを発見したら、当初の目標はさておき、ここはちょっとおもしろいからもう少し掘り下げてみようとか、自由に裁量できます。

組織の中のプロジェクトでは、なにかとチームを組んで遂行しなくてはならないことが多かったと思いますが、定年後まで、そういうやりかたを持ち越すのはやめましょう。

誰の指図にも従うことなく、自分の好きなだけ、好きなことを勉強する。結果が出ても出なくても、いいじゃありませんか。勉強は、結果ではなくて、過程にこそ最大の愉悦があるのです。そこが受験勉強や、会社のプロジェクトなどと根本的に違っているところなのですから。

ここでも、孤独な作業ではありますが、楽しい孤独、すなわち名誉ある孤立でもあるんです。

《発見》できる古典文学

次に、古典文学との接し方について、お話ししましょう。

古典、となると、やはりちょっと敷居が高い、なんだか取っつきにくいと思っている向きが多いと思います。あの高校の古文の時間に暗記させられた文法などを思い出して、うんざりした気持ちになるというのも、まあ分ります。

しかし、日本人として、わが祖国日本の誇る古典文学にまったく接しないまま死んでしまうのは、あまりに勿体《もったい》ないと思いませんか。

とはいいながら、まったく古典を読んだ事のない人が、いきなり『源氏物語』を読破しようと思ってもなかなか難しい。

そこで、もうすこし易しい文章で書かれている『平家物語』を、原文で読んでみる、なんてのはどうでしょうか。『平家物語』なら、一般の人でも、おそらく一カ月もあれば読めてしまいます。そうして、ああ、そうだったのか、源平合戦というのは、こういうことだったのかと、得心がいく。歴史に触れて、なにか大きな得をしたような思いがすることでしょう。

そこで、『平家物語』を読んだら、次は『義経記』を、その次は『曽我物語』など、関連する歴史物を読んでみると、ひいては吉川英治の『新平家物語』などもまた別の面白さで読めてくることでしょう。

右に挙げた歴史物語（軍記物）には、どれもちゃんと注釈書が出版されていますから、その注解の力を借りながら読破して、日本人とはいったいどんな民族なのかということを振り返ってみるのもいい。こうして、まずは分りやすい、呑み込みやすいものから入っていき、次第に違った方向へも分け入っていけば、これまでの読書とは一味違った「なにか」を得られることと思います。

『徒然草』の裏側にはエロスがある

まず、手に入りやすい、読みやすいもの、読んでためになりそうなものから入るといいのです。たとえば、『徒然草』などは、定年後の読書としては最好適なものです。『徒然草』のおもしろいところは、なにやら人生の深奥を探るようなことがあれこれと書いてありながら、その底流として、常に「エロス」があることです。生きていることとエロスというものは切り離せないものだということが、これを読むとよくわかります。

たとえば、第百三十七段を、ちょっと読んでみましょう。

「花はさかりに、月はくまなきをのみ見るものかは。雨にむかひて月を恋ひ、たれこめて春のゆくへ知らぬも、なほあはれに情ふかし。咲きぬべきほどの梢、散りしをれたる庭などこそ、見どころ多けれ。歌の詞書にも、「花見にまかれりけるに、はやく散り過ぎにければ」とも、「さはる事ありてまからで」なども書けるは、「花を見て」といへるに、劣れる事かは。花の散り月の傾くを慕ふならひはさる事なれど、ことにかたくななる人ぞ、「この枝かの枝、散りにけり。今は見所なし」などは言ふめる」

まずこう書き出される。ちょっと現代語訳してみましょう。

「桜花はその花盛りに、また月は良く晴れた名月のみを賞翫《しょうがん》すべきものであろうか。いやいや、そうではあるまい。雨が降っていて月など見えない夜に、「ああ、月が出ないかなあ」と恋しく思い、御簾を垂れたままの邸に籠っていて、春が過ぎたのも知らずにいるなんてのもまた、しみじみと感じ入るところがある。桜花だって、もう少しで咲くかな、という頃の梢の色だとか、もうすっかり散り萎れてしまっている花の庭などというもののほうが、却って見所が多いというべきである。和歌の詞書にも、たとえば「花見に出掛けていったところが、はやくも散って盛りを過ぎてしまっていたので」とか、「差し障りがあって花見には行かれなかったので」などと書いてあるのは、「花を見て」と言うてあるのに劣るということがあろうか。そうではあるまい。花が散り、月が西に傾いてしまったなどというのを一入《ひとしお》愛惜《あいせき》するのは、まことにさもありなんと思えるのだが、どうかするとばかに四角四面な人が「この枝もあの枝も、もう花が散ってしまった。今は見所がない」などと言うようだが、どうかと思う」

と、このように書いたあとで、次のように筆を進めるのである。

「よろづの事も、始め終りこそをかしけれ。男女《をとこをんな》の情《なさ》けも、ひとへに逢ひ見るをばいふものかは。逢はで止みにし憂《う》さを思ひ、あだなる契りをかこち、長き夜をひとり明かし、遠き雲井《くもゐ》を思ひやり、浅茅《あさぢ》が宿に昔をしのぶこそ、色好むとはいはめ」

「どんなことでも、始めと終りのほどにこそ感銘深いところがある。たとえば男と女の恋の情けなどもそうだ。相思相愛でせっせと逢うては情けを交わすなんてのがほんとうの恋の醍醐味と言えるだろうか。そうではなくて、一度逢ったきりで逢えなくなってしまった、その心中の辛さを思い嘆いているとか、ほんのかりそめの契りであったことを苦にして、秋の夜長をたった独りで明かしては、はるか雲のかなたに居る恋しい人を思いやっているとか、また草茫々の荒れ果てた家に逼塞《ひっそく》して、愛しあった昔を思い出している、なんてそんなのこそ、ほんとうの「色好み」の沙汰だというべきものであろう」

どうだろう、なにやら神官の家から出て僧籍にあった吉田兼好というオヤジは、なかなか隅に置けない、「色好む男」であったことが、これでよくわかりますね。なんだか兼好という人が、急に身近な人間に思えてくるではありませんか。

『徒然草』は、鎌倉時代の随筆ですから、『源氏物語』のような平安朝の女房文学にくらべると、文章がはるかにやさしいので、特に古典の素養がなくても原文で読めます。

しかも、一つ一つの章段が短くて、すぐに読み切れます。まず、今で言うツイッター的な短文の集積なんです。これなら、ほんのちょっとした短い時間でも、すぐに読めるし、いわゆる人生の知恵のような叡知が豊富に鏤《ちりば》められていますから、読んでいてためになって、退屈することはありません。

こうして、たとえば『徒然草』一冊を、ずいっと読み通すことができれば、だれでもずいっと自信がついて、また次を読みたくなることと思います。

『徒然草』以外だと、『伊勢物語』も短い読み切りの短編物語集なので、ほんの隙間《すきま》時間の読書にでも、少しずつ読み進めることができましょう。

『枕草子』は、ところによって、ちょっと難しいけれど、これも一つ一つの話は短いものが殆どなので、まずは長くて難しそうなところは敬遠しておいて、短くてわかりやすいところだけ読んでみるというのでもいいかもしれません。ところが、この本は、長い章段になると、それが一つの短編小説のような趣があって、それはそれで、たいへんに面白いのです。私は以前『リンボウ先生のうふふ枕草子』（祥伝社）という本を書いて、そこに、この本の面白いところをたくさん引いて説明しておきましたから、ぜひ一度読んでみてください。

近代文学は薄田泣菫《すすきだきゅうきん》がおもしろい

これまで、なにげなく「古典」という言葉を使ってきましたが、さてそれでは、どこまで遡《さかのぼ》ったら、それを古典文学をいうのでしょうか。

私は、作家が亡くなってから五十年くらい、つまり著作権の切れた作品は、もう古典に入ると見ていいように思います。しかし、そうなった今でも、忘れられずに読み続けられている、ということが大切な条件です。

明治の小説家などもたくさんいますが、多くはもう忘れられてしまった、いわば消えた作家であり作品であるというのが実情です。そういう消えた作品は、時代を生き残っていく、どの時代にも読者を獲得できるという力がないのですから、それは古典とは言えません。単に、時代が古ければそれで古典かというと、そんなことはないのです。

そうなると、夏目漱石や森鷗外などは、むろん古典の範疇に入れてもいいでしょう。

しかし、同じ時代の作家でも、たとえば、田村松魚という作家などは、もう今ではまったく忘れられてしまった人で、こんにち、この人が明治四十二年に博文館から出した『北米の花』という作品などを読んでも、さっぱり感銘を受けません。永井荷風の『あめりか物語』などとは天地雲泥の違いが感じられます。松魚の作品は、時代を超えて読者を獲得できなかったために、歴史の彼方に消えていくもので、そういう風にして散逸してしまった作品は、無数にありました。それらについては、ひとまず古い作品ではあっても、古典文学の範疇には入らないと見てもよいと思います。

現今のベストセラーなども、五十年百年経ったら消えてしまうというものが、きっと殆どだろうと思いますが、それが文学というものの冷厳なる現実なのです。そして、それが出た当時、どれほど多くの読者を得て持て囃《はや》されたかというようなことも、じつは文学の価値とは無関係です。

江戸時代中期に、京都の江島其磧《きせき》という作家の書いた『けいせい色三味線《いろじゃみせん》』という小説は、当時は大評判でしたが、内容はまったく下らないもので、歴史を生き抜くことは出来ずに、今ではほとんど誰も読まない作品として忘れられています。それが現実です。だから、どうせ読むなら、何百年でも命があって、どの時代の人が読んでも感銘を受けるような、そういう「古典文学」を読むべきものであろうと思います。

近代文学のなかで、私が今も非常におもしろいと思っているのは、明治から昭和にかけて活躍した作家、薄田泣菫《すすきだきゅうきん》（明治十年〜昭和二十年）です。彼はもともとロマンティックな詩を書く詩人として評判を取った人でしたが、大正四年からは、「大阪毎日新聞」紙上に『茶話《ちゃばなし》』と題する短い随筆（コラム）を書いて一世を風靡します。その一つ一つはほんとうに短いエッセイで、「茶話」という含意は、茶を喫しながら毒にも薬にもならぬ、しかも面白い話をする、というところにありました。

読んでみるとしかし、これが実におもしろいんです。丸谷才一や谷沢永一といった、現代を代表する文筆家たちが、この泣菫の茶話を推奨しているのもむべなるかなと思わせてくれるような、見事な短文の芸。一読あって決してご損はありません。

もっとも浩瀚《こうかん》なのは、冨山房《ふざんぼう》百科文庫版の『茶話』（上・中・下三巻、冨山房）で、これは各紙に発表された茶話を網羅してあります。

興味深いのは、出典がいっさい記されていないところ。それでいながら、扱うテーマは古今東西、珍談奇譚《ちんだんきたん》、ヨーロッパの話、日本の話、政治家の噂話や文士の行実などなど、自由自在。これぞ読書の醍醐味と思わせてくれる本です。

薄田泣菫は文章の達人であるとともに、おそらく座談の名手でもあったような気がします。なぜなら、話を語る際の「息遣い」が巧みで、いかにも洒々落々《しゃしゃらくらく》と珍談奇話を物語っている息遣いが感じられます。だから朗読なんかすると、みんな面白がってくれます。

そのうちの一篇「文豪の娘」を紹介しましょう。ぜひ実際に声に出して朗々と読んでみてください。

「文豪の娘

十九世紀の英国作家のなかにジヨン・ウイルソンといふ男がゐた。ブラツクウツド雑誌に立て籠つて、クルストフア・ノウスといふ雅号で、何でもござれといつた風に、いろんな方面に得意の才筆を振《ふる》つた男だ。

そのウイルソンに美しい娘が一人あつた。女が妙齢《としごろ》になれば、いろんな男が訪ねて来るもので、この作家の応接間には、娘を目的《めあて》の若い男が次ぎから次へとやつて来た。そのなかに一人の若い大学教授が交《まざ》つてゐたが、娘はこの男が気に入つて嬉しい恋仲になつた。

大学教授は愈々《いよいよ》結婚を申し込まなければならぬ順序となつたが、残念な事には、この学者は内気な、羞恥家《はにかみや》で、他人《ひと》の書物に書いてある事を紹介する折にも顔を赭《あか》めないでは居られない程だつたから、自分の恋を打明けるには、酸漿《ほほづき》のやうに心《しん》から真紅《まつか》にならない訳に往《ゆ》かなかつた。

「私には迚《とて》も貴方の阿父様《おとうさま》にお目にかかる勇気がありません。」大学教授は娘の家《うち》の応接間で、もうすつかり紅《あか》くなつて、眼に一杯涙をためながら言つた。「どうか、貴女《あなた》御自身で言つて下さい、後生ですから。」

「阿父様？ 阿父さまなら、今書斎にいらつしてよ、往つてらつしやいな。」娘は幾らか嘲弄《からか》ひ気味で、平気な顔をして言つた。

「とてもとても。私がお目に懸つたら、却つてとんちんかんの御挨拶をしてしまひますよ。」若い学者は深い溜息をついた。「貴方往つて打明けて下さい。私はここでお待ちしてゐますから。」

娘は笑ひ笑ひ父の書斎に入つて往つた。父は卓子《テーブル》にもたれて何か頻りと書きなぐつてゐた。娘は嬌《あま》えるやうに父の手をとつた。そして教授がたつた今自分に結婚を申込んだ事を話して、

「あの方は大層内気でいらつしやるから、御自分には阿父様に申しあげかねると仰有《おつしや》つてよ。」

と附け足した。

「さうか、そんな方だつたら丁寧に気をつけて上げなくちやなりませんぞ。」

と作家は娘の顔を見ながら言つた。

「それぢや口づからも何だから、紙片《かみきれ》に返事を書いて、針《ぴん》でお前の背《せな》にとめておくとしませう。」

作家は机の上の紙片《かみきれ》を取つて何か書いた。そして、態々《わざわざ》それを針《ぴん》でもつて娘の背《せな》に縫ひとめた。

「阿父様の御返事は私の背《せな》に書いてあつてよ。」

娘は上機嫌で応接間にかへつて来た。内気な教授は後方《うしろ》にまはつて見た。紙片《かみきれ》には、

「謹呈　作者より」

と書いてあつた」

まさに茶話。ウイットに富んでいて、まことに面白い。毒にも薬にもならないが、座談

の話柄としては好適の小話ですね。以上は冨山房百科文庫本から引用したのですが、もともとは「大阪毎日」に掲載されたもの。ただし、すぐに単行本になって好評を博したということです。

私の書庫には、端的に『茶話』と題した、洛陽堂刊行の初版本がありますが、発行されたのは大正五年十一月です。

今、こういう感じのしゃれた随筆は滅びてしまいましたが、含蓄《がんちく》があり、風情《ふぜい》があって、背後でにやりと笑っている作者の顔が見えるようです。

岩波文庫でも出ていますが、私のお勧めは、すべてを網羅した、冨山房百科文庫本のほうです。岩波のは選集だから選者の私見が入ってしまっている。寧ろ、選者が外したもののなかに、すごくおもしろいものがあるかもしれないから、できればすべてを網羅したヴァージョンを片端から読んでいくのが、これを読む醍醐味です。そうして、古書店などで洛陽堂などの初版本を買って読んでごらんになると、それはそれでまた興趣深いものがあると思います。

地図は〝謎〟の宝庫

好奇心を持って主体的に旅する

現役の時代は忙しくてなかなか旅にも行けない。行ったとしても、週末かGWか、いずれ人が混雑してどこへ行っても自由にならない、そんな思いをした人が、定年後には、ぜひ自由に旅をしてみたいと思うことでしょう。それはよく分ります。

しかし、さあ旅に出ようと思っても、旅行会社の作ったスケジュールに従って、ただただ「予定通り」の道行きをするのでは、面白い旅はできません。なぜかというと、行った先での「発見」が無いからです。旅は発見への憧憬《しょうけい》だと、私は信じて疑いません。人の決めたスケジュールにのっかって、あれを見て、これを食べて、そこに泊って、と予定調和の世界を旅してきたって、面白いわけはない、と私は思います。まして、そういう旅をした結果を旅行記などに書いたって、そりゃ面白いものが書けるわけもないのです。

旅は、自由への希求《ききゅう》です。風来坊への憧憬です。

私の愛読書の一つに、もうずいぶん古い本ですが、若杉慧《わかすぎけい》の『野の仏』（東京創元社／新版）という紀行写真集があります。

一つそのなかの短い作品をご紹介しましょう。

「花中蟇仏《がまぼとけ》　（長野県下高井郡角間《かくま》）

あやめ坐像の前で広い道は尽き、右手の山の麓を見ると、白い花が一面に咲いて、傾いた花の海のような景観で、チラチラとおもしろそうな仏がその間に見えるので、古い墓地だなとおもって、漕ぎ分けるようにして登っていくうち、ふいにこのしゃがみ地蔵に突きあたった。小一尺の猫背で、ひどい才槌頭《さいづちあたま》である。しかし、痛い脛をさすりながら不意にきた感じは蟇《がま》であった。「現れたりな！　蟇仏《がまぼとけ》」の感じであった。冬眠の夢さめやらず、花の底でゆっくりと呼吸していた」

と、こんなのんびりした文章と、花の中にしゃがんでいるような地蔵様の写真が番《つが》いになっています。なんだか、自分もこんな風にして悠々と当てもない旅をしてみたいと思わせてくれるではありませんか。旅行会社の予定にしたがって、バス旅行などしていては、とてもこうはいきません。

ただ、こういう旅は、興味の持ち方が人それぞれなので、どうしても一人旅ということになってしまうかもしれません。

事実私は、しばしば自分で車を運転しながら、名も知らぬ里の、名も知らぬ道を、と行きこう行きして、ふと面白い風景に逢着《ほうちゃく》すると、しばらくそこで景色を眺め、その景色を文章でスケッチし、あるいは写真を撮り、俳句に作り、和歌を詠み、場合によってはさっさとペン画鉛筆画で写生を描くこともあります。

そういうふうにして見付けた風景は、ほんとうに自分の宝物のようなものですから、これはかけがえのない旅の思い出ともなり、また紀行文や写真集の素材ともなるのです。

ヴァーチャルな旅の楽しみ

いま流行《はや》りのヴァーチャルですが、私がこれからお話しするのは、そのヴァーチャルではありません。紙に印刷された地図の上で、自由自在に旅をする楽しみです。

地図というものは眺めているだけでもいろいろな発見があって、ほんとうにおもしろいものです。旅の楽しみついての萩原朔太郎の箴言は先にご紹介しましたが、その「ただ旅に出ようと思つたときの、海風のやうに吹いてくる気持ち」を、いっそう趣深い、そうして具体的なものにする方便が、「地図のなかの旅」にほかなりません。

それなら、いっそ現代の地図ではなくて、何十年も昔の古地図を、仔細に「読む」と、まるで明治時代や大正時代などの町や村の風景が、心の中に彷彿として浮かんでくるのです。これには、地図を読むときの記号の判読や、いくつかの約束事と、すこしの訓練が必要ですが、なに、たいしたことではありません。すぐ読めるようになります。

ここに大正四年の五万分の一の山梨県・甲府の地図があります。

これを虫眼鏡で念入りに見ていくと、たとえば韮崎と穴山駅のあたりで、中央線の鉄道がスイッチバックになっていることに気づきます。僕が学生時代には、中央本線もこういう古典的スイッチバックの線路が山間部に三、四カ所ありました。いまはそんなところは一つもなくなってしまいましたが、古い地図を見ていると、かつてスイッチバックで、延々と時間のかかった、山中の鉄道の旅を思い出すことができます。そうしたら、では、今はここはどうなっているんだろう、とそれを見に行く旅をしてもいいではありませんか。

地図に記されている地名を眺めるだけでも楽しめます。

たとえば、この地図の中に「鍛冶屋《かじや》」「鋳物師屋《いもじや》」などという集落がある。ははあ、昔

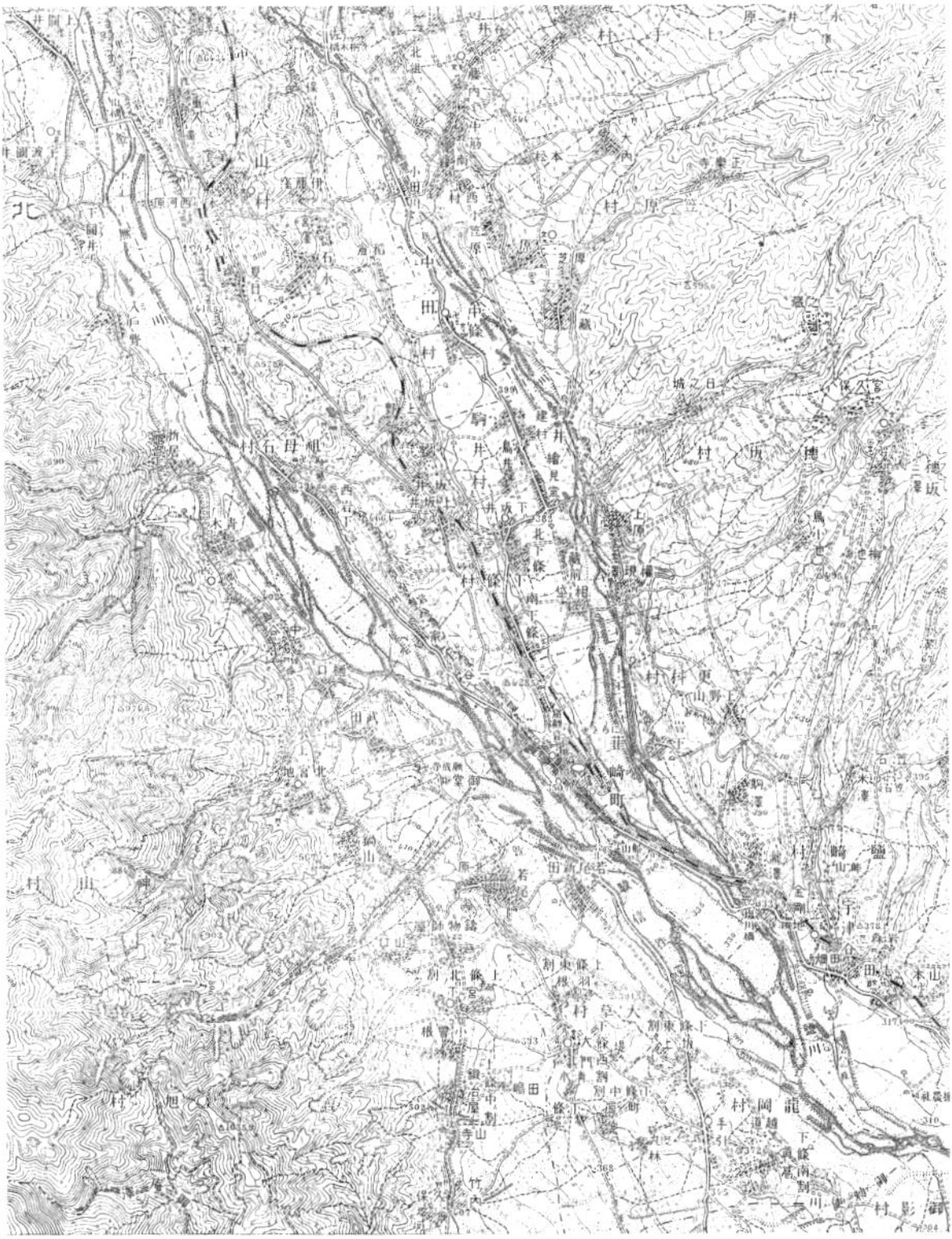

大正４年の５万分の１の山梨県・甲府の地図の一部

はこの辺りに鍛冶屋やら鋳物師やらがあつまっていたんだなと、この文字を見るだけでも想像が膨らみますね。こういう地名情報などは、これらの地図を作った先人たちが、一歩一歩歩いて踏査した結果が地図に記入されていたわけで、とても面白いものです。

古地図を読むというのはまた、自分の見る現実の場所と、昔のもう失われた同じ場所を比較することでもあるので、読者の皆さんが今住んでいるところの、古い地図を読んでいくと、さらに具体的な想像がふくらんで面白いものです。

たとえば、ここに、明治十六年に陸軍参謀本部測量局が作った地図があります。ご覧のように、これは超精密地図といっても良いものです。

そこで、私が高校生のころに住んでいた早稲田近辺の地図を見てみましょう。当時通っていた都立戸山高校のあたりを見てみると、この当時は「陸軍戸山学校」となっています。そうして、この時代にまだできたばかりだった早稲田大学は、早稲田大学という名前さえなくて、「東京専門学校」という名前で、ぽつんと描かれています。そこらは、田んぼと茶畑に囲まれたまるっきりの田舎で、その地形が「早稲田」という地名に反映されていることが、この時代の地図を見るとよくわかります。

いずれも私にとっては良く知っている土地なので、明治十六年の地図と現況とを、想像

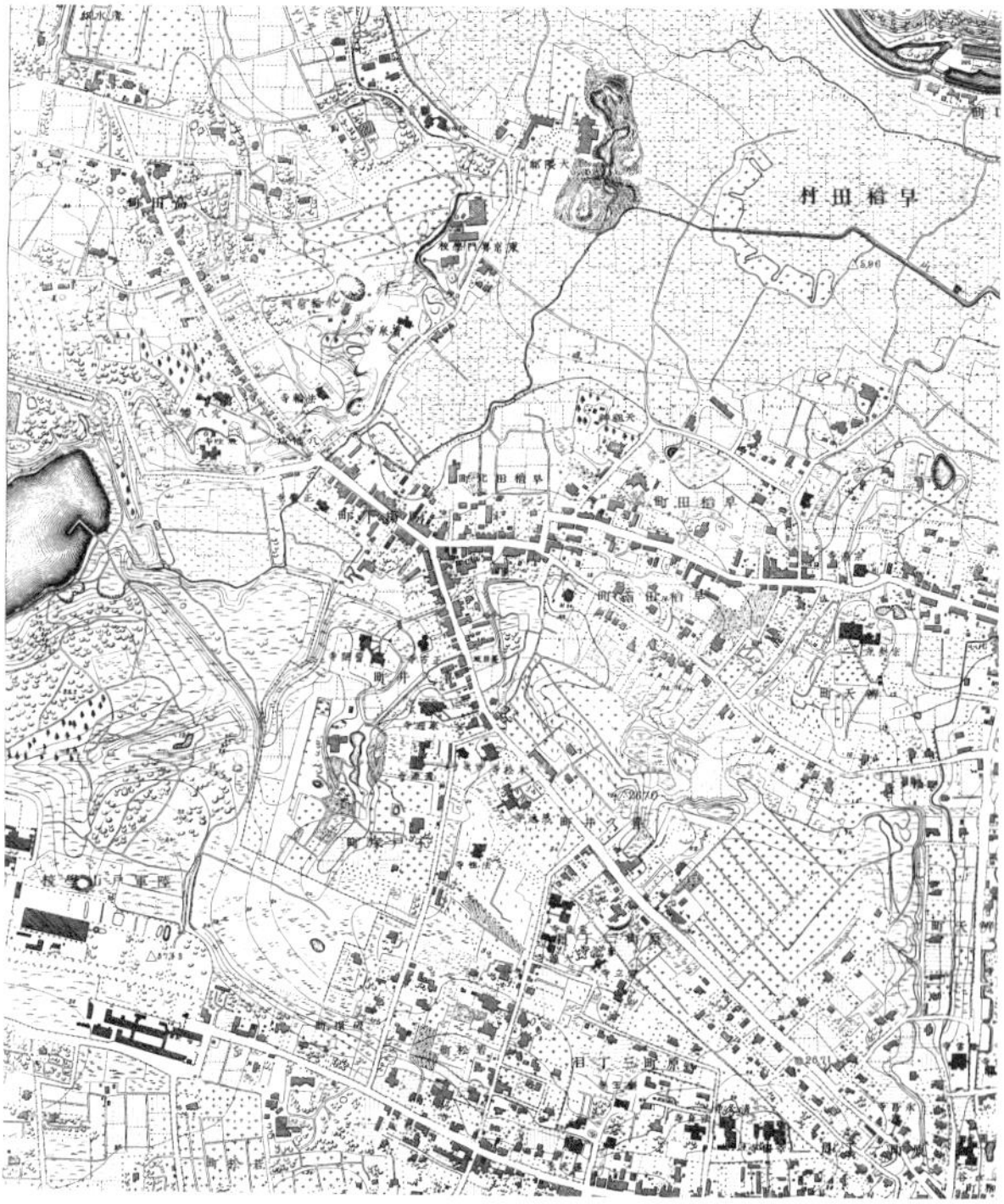

明治16年に陸軍参謀本部測量局が作った地図

して比べてみると、そのまったく違う風景に興味が湧きます。こうやって、古地図を仔細に読んで、解釈して、想像して、考証していくと、それだけで一冊の本ができてしまうほど、地図に詰まっている情報量は豊かで、また生きています。

古地図は図書館にもありますし、古書店でもさほど高くない金額で売っています。「日本の古本屋」というインターネットのサイトがあり、そこでは日本全国の古書店に在庫しているアイテムが、瞬時に検索できますから、あとはインターネットで申し込むだけで、即座に日本中から古書を取り寄せることができます。そんなふうにして、古地図も、インターネットなどを活用して手に入れて、そこから先は、虫眼鏡を片手に、古い地図のなかをヴァーチャル旅行する、そんなことも、大いに楽しめましょう。

面白いのは現代の地図も同じで、私はこのようにしてあてずっぽうで地図を見て、「なんだかこの地名は曰くありげで面白そうだ」とか、「この山道からはどんな景色が見えるんだろう」とか想像しては、その場所に実際に車を運転して行ってみることがあります。

地図を仔細に読むと、だいたいの風景は見当がつきますが、実際にはそれほどでもなかったり、あるいは思いがけぬ素晴らしい景色であったり、そんなことが私の旅にとってはなによりも楽しいのです。

すなわち、地図の中をヴァーチャルに旅する、そして地図に導かれて風来坊のように旅する、それこそ定年後の楽しみに相応《ふさわ》しいと思いませんか。

旅に必要なのはカメラとメモ、そして自由

私の場合、「旅を目的とする旅」はほとんどしません。

たとえば、講演を頼まれて新潟へ行くとしましょう。そうすると、その場所に出かけていくこと自体がもうすでに一つの旅です。私は大抵のところは自分の車を運転していきますから、どこをどう通って行こうと自由です。だから、仕事が終わってからの帰途などは、高速でまっすぐ帰宅するのではなくて、気が向いたところで、ふと降りたことのないインターチェンジで降り、まったく知らない道を自由自在に走り回ったりします。そうして、風景を捜し、いくらでも好きなように道を辿ってみる。旅はどこかに「行く」ことが目的なのではなく、旅しているあいだそのものが目的だと私は考えます。

つまり、どこへ行くのであれ、目的地への行き帰りこそが、私にとっては楽しい旅そのものです。だから、下調べなどもちろんしませんし、しようもないのです。行き当たりばったり、闇雲《やみくも》的道行き、そこに時間から自由になった旅の醍醐味があるのです。

そうすると、たとえば走っているうちになんだか古風な大衆食堂があったりします。そういうときは、さっと車を停めて入って食べてみます。おいしいかどうかはわかりません。まずいものを食べることもしばしばです。がしかし、それだって、やはり旅の醍醐味ではありませんか。誰かに教わって、地元でも評判の店で、予想どおりのものを食べても、あまり感銘はありませんが、見ず知らずの片隅の大衆食堂で、おもいがけず旨《うま》いものを食べることができたり、食堂のおばちゃんと談論風発《だんろんふうはつ》したり、そんなことのなかに旅のグルメの秘鍵《ひけん》もあるのだと思います。なにごとも、冒険であります。失敗は成功の母であります。

昔は津々浦々、どんな山村にも小学校がありました。けれども今は過疎化や子どもの数の減少によって廃校になってしまったところも少なくない。

その廃墟となった学校の遺構も、またそれなりに「もののあはれ」に満ちて、旅情を誘うものですが、また一方では、その廃校を集落のコミュニティの場として活用しているところも案外と多く見かけることができます。

旅を行く行く、こういう山の中の廃校を利用したパン屋さん、なんてのに逢着すると、どうしたって、ちょっと入ってお茶でもしていこうかという思いが湧きます。時間には制約もなし、小腹も減ったし、そんな刹那《せつな》こそ、自由な旅の味わいです。

なにも有名店に行って会席料理を食べるにもおよばない。山の分校の喫茶店やら、街角の大衆食堂にだっておいしいところはたくさんあるのだし、そこで出会う地元の人たちとの交歓《こうかん》もまた楽しからずやです。

そんな場所を含め、味わい深い景色に行き当たったら、私はまずいつも持ち歩いているカメラで十五、六枚写真を撮り、その景色を文章で写生したり、思いついたら俳句や和歌を書き留めるようにもしています。旅ほど文学的感興を刺激するものはありません。

べつに、名高い景勝地なんかでなくてもいいのです。そこらじゅうに行き巡《めぐ》っている田舎道の曲がり方が、風景として面白いこともあり、路傍の木立の枝ぶりに興を催すこともある。また辻々に立っている石碑、お地蔵さん、小祠《しょうし》など、一期一会的に面白いものは、いくらもあります。

それらに行き当たったら、その都度、車を降りて写真やスケッチをすることもある。本格的に絵を描くと時間がかかってしまいますから、その場では簡単なクロッキー的スケッチと写真、そしてそのスケッチに注釈的に文を添えたり、写真を撮った地点を持参の地図にマークしたり、要するにそれらを後で役立てるためのデータを記載しておくわけです。

また、路傍の見知らぬ人にカメラを向けるのは失礼になりますから、そういう時は、ほんとに略画風のスケッチをサラサラと描きます。

こうして、旅にカメラとメモは必ず携えていくアイテムとなっています。

予約はしないにこしたことはない

宿泊する場合、私はいつも洋式のホテルの素泊まりです。夕食も朝食も宿では食べません。そうしないと到着する時間が縛られてしまうので、自由がなくていやなのと、旅館の飯は、どこも同じようなもので、あまり好きではないということもあります。

食事は、行った先々で、地元の店を捜して、適当に入ってみることにしています。

これは昼ご飯なども同じ。よく仕事で編集者と旅をすると、「お昼は何にしましょう? これこれのところに、ちょっと有名なレストランがあるようですが、なんなら予約しましょうか」などと言われるのですが、私は「予約は入れないでください」と答えます。たかが食事でも、予約によって行く先の行動を束縛されるのが嫌なのです。いつだって自由自在、風来坊的な旅を続けたいからです。おいしそうな店だけでなく、どうみてもものすごくまずそうな店があったら、それもまた一興と思って入ってみるのもいい。また、万一どこにも店が見当たらなければ、まあ、空腹を我慢しつつ旅をするか、あるいはコンビニのおにぎりで我慢したっていいのです。

旅の楽しみは、見知らぬものを発見し、美しいものを眺め、歴史的な文物《ぶんぶつ》に思いを致し、おいしいもの、あるいはまずいものに予備知識なく遭遇して、食べてみる。これらすべてに、まったくのフリーハンドな「自由」をキープしておきたい。

へそ曲がりといえばへそ曲がりですが、じっさい、そんな旅はあとで振り返って想い出深いものがありますから、くれぐれも危険なことはしないというのだけを条件に、せいぜい自由に動き回るということをお勧めする次第です。

第四章

体と心のペースをつかむ

体の健康には食事と散歩

一日二食が原則

飯《めし》一膳《いちぜん》麵麭《パン》一枚肉百瓦《ひやくぐらむ》
魚一切《さかなひときれ》野菜沢山《たくさん》

これ、ちゃんと五七五七七の短歌になっています。これが私が自分の健康のために食事の原則として掲げた、いわば「健康道歌《どうか》」で、こいつを墨痕淋漓《ぼっこんりんり》と大書して、いちばん日に付く壁に掲げてあります。ついつい食べ過ぎたり、食生活が偏ったりしがちなところを、こういう方法で、自ら諫《いさ》めております。

つまり、これが一回の食事の原則、というわけです。

一日二食が原則ですが、大方《おおかた》のところを申せば、朝食が十時頃で夕食が六時頃。朝はリンゴやオレンジなどの果物とトマトなどの野菜をスムージーに作って飲みます。私はオレンジのように酸っぱい果物はあまり得意でないし、リンゴや梨などは、どうもがさがさして呑み込みにくい（老化現象で嚥下力が弱っているせいですね）、そこでビタミンCやAなどが不足しないようにということもあって、朝食のスムージーは必須科目です。

そもそものところを言えば、フルーツは、一見健康に良さそうですが、夜飲むと却ってコレステロールが増え、肥満の原因にもなると言われていますね。そこで、こういうスムージーという形で、必ず朝飲むようにしています。

なるべくカロリーを取り過ぎないように気をつけ、朝晩必ず一日に二回体重を量ります。なにはともあれ、体重を調べて意識する、それが健康管理の第一要件です。

それから油脂分をあまりとらないことにしています。私はもともと高脂肪食が大好きで、天麩羅、豚カツ、ビフテキ等々、若い時代には、さんざん食べましたが、その報いで、胆嚢を悪くし、また尿管結石にも痛い目にあわされてすっかり閉口、一転して低脂肪食に切り替えました。そこで、『リンボウ先生の〈超〉低脂肪なる生活』（日本経済新聞社）、『リンボウ先生の〈超〉低脂肪お料理帖』（ヴィレッジブックス）などの料理本も書いたくらいです。

それは今も続いていて、ただし、良質の油脂分は体には必要なものゆえ、無脂肪ということではなく、できるだけ良質のオメガ3脂肪酸を含んだ油などを心がけて使うようにしています。

そうして、原則的に揚げ物は食べないようにしています。とはいえ、ときどきどうしても豚カツなどを食べたくなるので、それは無理してがまんしないで、稀に食べることもあります。

日常の料理のなかでは、鳥だったら胸肉かササミ、豚肉はモモ肉、牛肉は殆ど食べず、羊肉は折々朝食に食べます。そして油脂を使う場合は、オリーブオイルとかココナツオイルなど、身体に良いものを心がけています。

もともと甘党なので、甘いものを食べないのは余りに苦しいゆえ、毎日適度に間食をしますが、極力和菓子にし、クリームリッチなケーキやら、バターたっぷりのクッキーなどはできるだけ我慢します。そうしてチョコレートだったら、苦いばかりのカカオ九十五パーセントのものを食べ、コーヒーはポリフェノールが多いということで、血圧を下げたり頭痛を抑える薬だと思って一種の食養生的意識でいただきます。間食も健康法のひとつというわけです。

さらに乳酸菌やもろみ酢のように、体にいいと言われるものはせっせと飲んだり食べたりします。

小腹がすいたらキュウリ

夕食が午後六時で、眠るのが午前二時くらいですから、お腹が減る時もあります。そういう時は、キュウリに西圓寺《さいえんじ》味噌という特別の味噌をちょいと載せ、一本まるごとガリガリかじることにしています。なにしろキュウリというのはほとんどが水分でできていますから、カロリーはほぼゼロ。それでいて食物繊維は豊富でビタミンCの宝庫なんです。そして、白湯を一杯。それでだいたい眠れます。ちなみにこの西圓寺味噌というのは、金沢の佛子園《ぶっしえん》という社会福祉団体が作っている手作り味噌で、これはもう私の大のお気に入り。今まで美味しい味噌を求めて、ずいぶん広く捜してみましたが、結局この味噌に留《とど》めをさすということになり、今ではこの味噌しか食べません。減塩で、酵母が生きている感じがして、軽い甘みもあり、味噌汁にしてよし、キュウリの友としてよし、それに私は、水飯《すいはん》というものをときどき食べますが、これは冷や飯に氷水をかけて、「水漬《みずづ》け」という趣向にして食べるもので、そこに少しの西圓寺味噌を載せてはサラサラと掻き込む、これが夏のもっとも楽しい御馳走になっています。

この味噌で味噌汁を作ると、塩辛くなく、味噌臭くなく、じつに馥郁《ふくいく》たる香りがあって、味わいが深い、それで他の味噌で作った味噌汁はやたら塩辛く感じるようになりました。塩味で喰うのでなく、旨味で喰う、そういう原則にして血圧などをコントロールしています。

一万歩の強歩行

私の父は、十年ほど前に九十五歳で安楽大往生を遂げましたが、この父は、ゴルフもせず、テニスもせず、水泳もせず、ただただ歩くというのを日々の運動として続けていました。九十歳まで現役で勤めに出ていましたが、その後引退してからは、毎日ひたすら近所を歩き回り、帰ってくると読書などを楽しみ、また居眠りをして、さらに目が覚めると再び歩く、そんな生活を持続していました。足は最後まで健脚で、足が衰えたら人間ダメになると言い言いしつつ、それはもうせっせと歩いていました。

この父の行実《ぎょうじつ》が、無言の教諭《きょうゆ》であったと観念して、私も、ほかには何も運動はしませんが、ひたすら歩くことだけは励行しています。

それも犬の散歩だの、週末にゴルフ場を歩くなんてのはだめで、ただただ「歩く」ことを自己目的として脇目も振らずに歩くことが肝心です。犬なんか連れてると、犬にひっぱられて自分の速度や強度では歩けないし、だいいち姿勢正しく歩くことができません。歩くについては、姿勢と足の運び方が大切なのです。

概略を申せば、自分の骨盤の位置を自覚し、その骨盤の真ん中に頭の重心を載せるとでもいうような姿勢を意識します。

そうして、両足は骨盤から振り子のように前方に振り出し、いつも頭を天井から糸で吊られているような意識で、視線をまっすぐ前に置き、両手には一切の物を持たず、ただただ正しい姿勢で、せっせせっせと速歩していきます。

多くの日は、夫婦で連れ立って歩きますが、私はつねに万歩計を付けていて、一日一万歩を目標として市内をぐるぐると歩き回ります。どこへも寄らず、途中でなにもせず。しかし時々は、リュックサックを背負っていって、歩いたあと、近所のスーパーで食料品など買い込んで、それを背負って帰ってくることもあります。多少の負荷をかけて歩くことも良い運動です。相当な速度ですから、ふつうのご婦人ですと小走りになるほどですが、そこを決して走らず、粛々と淡々と歩く。

これで一日一時間近くは歩くことに費やすのです。そんなことのなにが面白いかと思うかもしれませんが、なに、これで慣れてくると一万歩はそんなに苦にもなりませんし、街を歩いていると、四季折々の草花や風物に接して、俳句などができることも珍しくありません。また、夫婦で連れ立って歩いていると、なにかと話をしますから、夫婦の会話が不足することもなく、そうやって定年後の夫婦関係も良好に保つことができましょう。

心の健康を保つ

人は「しあはせ」の総和

心の健康の保ち方、これもとても大切な要素です。

それにはなにはともあれ、「平安」な心を保つことが大事です。

日々の暮しのなかでは、なにか腹の立つこと、むしゃくしゃすることがあるのは、どうしても避けられません。が、そういう時、憂さ晴らしに酒を飲む、なんてのは下下《げげ》の下策《げさく》であります。むしろ禁じ手だと言ってもよい。私の恩師池田弥三郎先生は、弟子どもに、いつもこう教訓されました。

「酒は楽しく飲むんだ。憂さ晴らしなんてことのために飲むのは酒に対して失礼だ」とね。じつに至言だと私は思います。

私は生来の下戸で一切酒を飲みませんが、それだけに酒飲みの醜態を観察し呆れることは人一倍です。不愉快な心で酒を飲むと、不愉快は晴れるどころかますます募り、しまいに愚痴になり、甚だしいのは酒乱になって、暴言を吐き、乱暴を働いて、多くの人に疎まれるような結果になることも多いのです。

そんな状態で、へべれけになるまで酔っ払うのは体にも至極の毒ではあり、生活経済の上でもはなはだ悪い。

嬉しい、楽しいときに酒を飲むのは良いと思いますが、悲しい、苦しいときに酒で憂さを晴らすのは、ぜひやめたほうが良いということです。

ある年の年賀状に、こういう自作の和歌を書いたことがあります。

かくてあることのしあはせ
ままならぬこともさはあれ
それもしあはせ

この歌、「しあはせ」という言葉が二度使ってありますが、これは古典的な使い方で、たまたまそう「仕合わせ」たこと、つまりは「巡り合わせ」というほどの意味です。古典の世界では、「しあはせ」はそういう風に使われた言葉で、良いしあわせもあれば、悪いしあわせもあったのです。それが人生というものだ、そんな観念をもった言葉です。そのうちの良いしあわせのほうだけが現代まで生き残って、しあわせ＝幸せ、というふうに意味が限局していきました。ここでは古典的な広い意味です。

現在この林望という人間として生まれ、こういう仕事をして生きている、これも人生の巡り合わせである。だけど、世の中にはままならないこともある、それはそれとして、それもまた「しあはせ」、巡り合わせだということです。

人生は、そういう善悪さまざまの「しあはせ」の総和なのだ、と観念することができましょう。

三日我慢すれば怒りは忘れる

私はもともと直情径行的な人間で、どうかするとカッと腹を立てたりすることがあります。そういう時、怒りに任せて人にひどい言葉を投げつけたりすることが、ややもすればあります。しかし、そういう行為は、あとでひどい自己嫌悪を伴い、決して良い結果をもたらしません。そこはじゅうじゅう反省するのですが、それでも、この短気ということをなんとかして矯《た》めたい、そう思ってこの歌を自己訓戒として詠んだのでした。

それゆえ、仮に腹が立ったとしても、これもまた「しあはせ」すなわち巡り合わせだと思い、その怒りを即座に外に向けて放ったりしないことだと、自分に言い聞かせています。

それで、ともかく三日間我慢する。

腹が立ったり嫌なことがあると、なんとかして相手をやり込めてやろうと思ったりしがちです。それが人間の性《さが》というものです。しかしながら、怒りに任せて荒い言葉を投げつけたりすれば、売り言葉に買い言葉で、もっと嫌な思いをする。いずれろくなことにはならないのです。

だから、腹が立ったら、「まずは三日我慢しよう」と自分に言い聞かせ、自分の心の怒りを宥《なだ》めるのです。そうやって、まずは一晩寝る。そうすると一日経った朝は、まだ腹は立っているけれど、ヒリヒリするような鋭い怒りは収まっています。心の傷に薄皮が張っているような感じでしょうか。そのとき、ああ、うっかりしたことを言わなくて良かったなという思いも出てきます。次にもう一晩寝て二日目になると、怒りはかなり形骸的なものになっています。そこでさらにもうひと晩寝て三日目が過ぎると、「そういうことがあったな」といった《記憶》の程度まで、心の傷が癒えています。

その三日間は、できるだけ不愉快だった事柄について考えないようにして、他のことをする。心のスイッチを切り替えて過ごすのです。そこでしかし、気晴らしに酒など呑んではいけません。理性のスイッチがマヒして、再び怒りに油を注ぎ、どうかするとクレーマーとか酒乱とか、そんなことになってしまって、人様の信用を失いがちなものです。

そうして、好きなことをしましょう。私なら、車の運転をして、どこか海辺や山里などへ出掛けていく、それで気持ちがスーッと晴れます。そうやって酒以外のことで自分が上機嫌になれるものを見つけておくことが大事で、それはテニスでも水泳でも何でもいいのだと思います。

負担の少ないコミュニケーション

正直言って、私は電話が大嫌いです。

端的な例としては、たとえばトイレに入った途端に電話が鳴る、その時の「参ったなあ」という気分は、どなたも共有しておられることと思います。

それはもっとも典型的に、電話というものが、いかに相手の都合にお構いなく闖入《ちんにゅう》してくるかということを示しています。

仮に、こちらが仕事で忙しくて猫の手も借りたいようなときに、大したことでもない用事で、しかもだらだらと長電話などされたら、おおいに迷惑です。そういうことを考えると、よほど火急の用件でもないかぎり、電話などはかかってこないことが望ましいし、またかけないほうが迷惑にならないというものではありませんか。

だから、私は家にいても絶対に電話には出ません。

ああ、電話が鳴ってるな、と思いながら、ベルが途切れるまでじっと静観しているだけです。もし知人からの必要火急の用事であるならば、メールで書いてきてほしい、とどなたにもお願いしてあるので、今では電話をかけてくる人はほとんどいなくなりました。それでも、メールがあるから、なんの痛痒《つうよう》も感じません。

一日中ほとんど在宅して、在宅の間じゅう、コンピュータを睨んで仕事をしていることが多いので、メールが着信すれば、すぐにわかります。それで火急の用なら、即座に確実に返事を書いて送信するというのが、私のやりかたなのです。

しかも、文書でやりとりするわけですから、記録が残ります。こう言った、いや言わない、などという水掛け論になることもありません。また、こちらの仕事の邪魔になることもなく、トイレでの用足しを妨害されることもなく、実に快適です。

メールだからといって、なんだか心が籠らない感じがする、なんてこともありません。文章は、心を込めて書けば、かならず相手の心に届きます。そうして、もしその文面が嬉しい内容だったら……恋文などのことを想像してみてください……何度だって読み直して、反芻し味わうことだってできるではありませんか。

仕事でも、電話では原稿は送れませんが、メールだったら、原稿だけでなく、画像であれ、音源であれ、添付して送ることができます。

ただし、私は、どうもスマホというものが苦手なので、メールのやりとりは、すべてパソコンでいたします。スマホだと、大きな画像などは送れませんし、またどうかすれば携帯を無くしてしまって大切なメールを紛失することもあり得ます。だから、私は常にパソコンのメールをやりとりすることにしています。

ちょっともの足らないくらいがちょうどいい

ついでながら、私はSNSに類することも一切やりません。

ツイッターのような、ほんのひと言、思いつきだけの短文を垂れ流すというのが、どうも不毛なことのように思います。

フェイスブックなども、ぜひ仲間に入れと知人に勧められたことがありますが、これもこの種のことに詳しい娘に相談してみたところ、とかくだれが見ているかわからないし、望まない人からのアプローチがあったりするのも、一定のリスクがあるから、ぜひやめたほうがいいとアドバイスされて、以来、この手のSNSと呼ばれるものには、まったくタッチしないということに決めています。

LINEというものも、私には、なぜああいうチマチマしたやりとりをしたいのか、まったく理解できません。したがって、これも一切やりません。インスタグラムも同様です。

要するに、手紙と電話の長所だけを合わせ持ったメールは、特定の相手とのみ交換いたしますが、その他のSNSはまったくタッチせず、今後とも決して参加することはありません。

考えてみると、SNSは一種の《電子的つるみ状態》で、つまりは、程の良いディスタンスが保たれていないんですね。このコロナ禍によって、ソーシャル・ディスタンスという考え方が一般的になりましたが、人と人のコミュニケーションにおいても、心のソーシャル・ディスタンスが必要だと思うのです。

少数のほんとうに親しい人と、心のこもった、そしてよくよく練った文章でメールをやりとりする。その方がずっと心にも残り、楽しくもあります。

私は電子的つるみ状態も、酒飲み的つるみ状態も嫌いです。

自分も人の個的領域には土足で踏み込まないという規律が必要だし、また誰からも自分の個的領域には踏み込まれたくない。その互いの敬意と礼儀にもとづいた、「程の良い距離感」こそが、ほんとうに仲の良い関係性だと思います。

そうして、そういう良い関係は持っていたいけれど、グズグズズブズブの「狎《な》れあい関係」は疎ましいばかりです。

ここでも、やはり「個（孤）」を保ちあうということが、良い人付き合いの、要諦のなかの要諦だと、そう言っておきたいと思います。

地域とも「コ」で付き合う

定年という区切りは、それまでが、たとえば都心の会社に拠点を置いた人生だったものが、定年後はそういう縁が切れて、いま自分の住んでいる「地域」との関わりを主として、ローカルな拠点のなかでの活動というふうに変更されるということであります。

そこで、定年後は、地域との付き合いが大事だとよく言われますが、これはそう一概にも言えないことで、むしろ住んでいる地域によってずいぶん違うと思います。

たとえば、私がもうずっと住んでいる、東京の多摩地区の住宅地は、私と同年代の人たちが現役時代に土地を買って移り住み、そのまま高齢化したような場所です。ですから、代々その場所に住んできた住民たちによる「地付きの村落共同体」のようなものは、ほとんどありません。

地域のコミュニティといっても学校のPTAや学童保育などのつながり、つまり子どもを介した付き合いばかりですから、子どもが成長して独立して去ってしまえば、その種の付き合いはあっけなく消えてしまうことが多いのです。

今後、東京をはじめとする都市部では、村落共同体的な紐帯《ちゆうたい》は消えて、その程度の弱いつながりしかない地域がますます増えてくるに違いありません。

田舎ぐらし、なんてのが、ちょっとした流行《はや》りになっていますが、実際は、長年都会に住み、定年後に田舎に移住した人たちは、少なからず夢破れて都市部に帰ってきます。

岩手の農村出身の友人は、

「田舎に住むのは林さんのような、根っからの都会人には無理じゃないかなあ」

と言います。

「何しろ田舎では家に鍵なんてかけないからね、帰宅すると必ずよその人が来てしゃべってたりするんだよ、だから、まあプライバシーなんて事実上ないからねえ」

と。それはそうでしょうね。田舎の村落共同体的紐帯を認めた上で、なおかつその中に入っていって村の仲間と一緒にやれるのか、そんな覚悟が問われるわけです。

その一方でまた、いままで「会社村」に住んでいた人が、定年後地域に戻ってそこを拠点として、なんらかの活動をしようとすれば、多かれ少なかれ、似たような問題に直面せざるを得ないことと思います。

新たに加わろうとする地域コミュニティと、新参者としての自己との折り合いをどうやって付けていくか、そこはよく考えておかなくてはなりません。

ここでもまた、「個（孤）」の確立ということが、大前提として存在しなくてはなりません。自分も一個の「個」である、また周囲の人たちもみな、それぞれの「個」であるということを認めた上で、共同社会としてのコミュニティに参加しなくてはなりません。そうすると、そこでは、自己と他者の間に、お互いを等しく認めあうという約定《やくじょう》がなくてはなりません。自分の価値観や、考え方を、どんどん人に押し付けたり、一方的に教えようとしたり、それは疎まれてコミュニティからの拒絶にあう第一歩です。

結局は、人から求められたことは、自分のできる限りの力で、篤実に実行するけれども、自分からは価値観を押しつけないという「抑制」があらまほしい。

求められたことには努力する、しかしこちらからは無理矢理押しかけていかない、そんな距離感がいつも意識されていることが大切と思います。

そうしないと、いかに張り切って、さあなにかお役に立とうと思っても、どうかすると逆効果で、先方からは「差し出がましくてうっとうしい」とか、「あの人は偉そうにしてるので、来てもらっては困るなぁ」というようなことになりがちです。いつも控えめに、いつも篤実にと、心がけて、すこし物足りないくらいがちょうどいいと心得て下さい。

そうしてもし、自分はいままで会社人間で地域活動はしなかったけれど、すでに奥さんは地域の活動に参加している、というようなことであれば、それまでの妻の活動を認めつつ、もし力仕事や、専門技術の必要なことなどがあって、手伝ってほしいといわれたら、喜んで参加し、力を尽して役に立つように働く。そういう活動を、着実に誠実にやっていくなかで、自然と地域の人たちとの人の和に参加していけるようにするけれども、自分からはプッシュしていかない。あくまでもそういう控えめで穏やかな姿勢で臨むことが、こういう場合の要諦であろうと信じます。

風を吹かすべからず

亭主風を吹かせない

私の家では食事は一日二食というのが原則です。まあ、作家業は夜が遅いことが多いので、朝も寝坊ですから、どうしても朝昼兼帯となって、一日二食になるのです。

その朝飯・晩飯、ともに調理は私の「仕事」です。妻は、料理が好きではないし、またそれゆえ上手ではありません。私は子供の頃から料理少年で、門前の小僧というか、好きこそ物の上手なれ、というか、ともかく気がついたら料理をするようになっていました。

作って、食べ終わったら、すぐに片づける、というのが私のモットーです。ですから、たまさか独り暮しをしているときなどは、食事を作って、食べたら、食休みもそこそこにテーブルから下げ、食器をすっかり洗うなどして、片づけてしまいます。それから、ゆっくりと食後の時間を楽しむほうが、あとに面倒を残すよりもずっと気分がいいではありませんか。

とはいえ、通常夫婦で暮しているときは、夫婦で分担することにしていて、私が作る、妻が片づけるという分担になっています。と、こう書くと、世のオバサマたちは、意地悪い表情を浮かべて、「男性のお料理は作るだけで、片づけなど面倒なことは妻任せでしょ、良いご身分ですこと」などと揶揄する人が多い。けれども、それ逆に考えてみて下さい。奥さんが料理を作り、夫が片づけるとしたら、その妻を「良いご身分で」などと夫たちは揶揄するでしょうか。こういう女性たちの俗論というか、男に対する差別的で底意地の悪い揶揄が、どれだけ夫たちの家事参加への意思を阻喪《そそう》させていることでしょうか。

男であれ、女であれ、家事は平等に分担し、得意なほうがやればよい。私はそう思っています。私の家では、妻は料理は嫌いで、また上手ではない。私は料理が好きで、上手にしかも速く作ることができる。だから私が作るという当たり前のことなんです。

「男の料理」はいけません

料理といえば、とかく「男の料理」などと称して、お入り用お構いなしで、特別の食材など買ってきて、へんに凝った料理を作ったりしがちですが、それもいけません。

料理は日常です。特別なことはなにもしなくてよい、ただ、栄養を考え、消化を考え、毎日のバラエティを考慮し、そしてサッサと速やかに作る、それしか料理の要諦はないのです。

ですから、私は「先生のお得意料理はなんですか?」などと尋ねられるのを、もっとも不愉快に思います。だって、そんなこと、ふつうの主婦に聞かないではありませんか。私の料理が、例の「男の料理」式だろうという嫌な先入観があって、そういう軽薄なことを聞くわけですから、私は「得意料理というものは、ありません。普通の材料をつかって普通の惣菜をつくるだけですよ」と穏やかに答えることにしていますが、内心は、まことに穏やかではなく、そういうことを聞く俗物マインドを嫌悪せずにはいられません。

また、変に「凝る」ってのも、男たちの料理にありがちな悪癖です。

たとえば、蕎麦打ち。これがどうも特別男たちの意欲を刺激するらしく、蕎麦打ちに凝ってとうとう脱サラをしたという人も少なくないでしょう。それはそれで一つの職業選択ですから良いのですが、一般的にいえば、毎日蕎麦ばかりも食べていられませんから、日常の家庭料理としては、あまり蕎麦など打つものではないと思います。

あくまでも「当たり前」が、家庭料理の大原則で、世捨て人のようななりをして蕎麦ばかり打ってるとか、ふつう手に入らないような高級食材を使ってフランス料理を作るとか、そういうのは、私のまったく感心せざるところです。

毎日の暮しは、ご飯を炊く、漬物を漬ける、魚や肉を焼いたり煮たり、野菜を刻んで副菜やサラダを作る、豆腐や油揚で味噌汁を作る、そういうなんでもないことの積み重ねが大事なのです。そのなかで、どうやったら、おいしく魚を焼けるだろうか、どうやったら、上手にぬか漬けを漬けられるだろうか、そんな当たり前のことを日々に工夫することこそ、料理の王道だと言ってよいのです。

しかるに、会社勤めをしていた人たちの多くは、昼は社食で食べ、夜はレストランで外食したり、居酒屋で肴をつまみながら酒を飲んだりしてきました。だから、とかく男たちは、定年後も自分が外で食べてきたもの、たとえば呑屋や居酒屋の酒肴みたいなものを家庭に持ち込みたがりますが、それはあまり褒められたことではありません。

そうではなく、日常のお惣菜を、ふつうに作る、そこに家庭料理の要諦があります。

最低限の道具をそろえる

とはいいながら、おいしい料理を作るためには、良い料理道具が欠かせません。

切れない庖丁、焦げ付いてしまうフライパン、そんな道具では、美味しいものは作れないのですから、そこはちゃんと道具を調《ととの》えることが必要です。

そういうと、すぐにまた、男たちのなかには、わざわざ本職用の刃物屋さんに行って、途方もない高級庖丁などを買って得意になったりする人が出てきますが、それはだめです。職人用の道具はプロのためのもので、一般家庭の人が使うものではありません。

私が日々使っている庖丁は、菜っ切り庖丁、柳葉庖丁、三徳庖丁、牛刀、刺し身庖丁、出刃庖丁、ペティナイフ、といろいろありますが、日々もっとも良く使っているのは、鹿児島県の薩摩川内市《さつませんだい》にある東郷刃物店という鍛冶屋さんで買った手打ちの鋼の庖丁で、せいぜい一本が三千円くらいの大衆的な品物です。

それでも私は、研ぐのもみな自分でやりますから、やはり磨ぎやすく刃こぼれなどのしない、鋼の良い庖丁が好ましいのです。

庖丁を研ぐのは、なんだかとても難しいように思っている人もあるかもしれませんが、実はそんなことはありません。ただ、磨ぎやすいという観点から、私はステンレスの庖丁は使いません。つねに鋼の庖丁を使用しています。そうすると、ちょっと切れ味が鈍ってきたなとおもったら、砥石を使ってさっさと研ぐ。一本五分もあれば恐ろしいほど刃が立って、よく切れるようになります。それが良い庖丁だと思うのです。

そうして、研いだ庖丁は、昔は台所の棚に平置きにした電話帳に挿しておきましたが、今は電話帳なんか分厚いのは姿を消してしまったので、かわりに五センチ以上も厚さのあるマンガ雑誌を三冊ほど、ガムテープで巻いて、その中にさしておきます。そうすると、印刷のインクの油のせいでしょうか、とてもさびにくいし、安全です。じつは、そういう保管方法も、本職の板前さんに教えてもらいました。

家事のコツはやりたくないことはやらないこと

料理以外の家事も、昔は重労働だったと思いますが、今は家電のお陰でずいぶん簡単に、また楽ちんになりましたね。

洗濯だって、いまは全自動ですから、ただ放り込んでスイッチオン、それだけです。

また家事遂行上のコツは、やりたくないことはできるだけやらなくてすむように工夫することです。

たとえば、洗濯はそういうわけで、全自動洗濯機がやってくれますが、面倒なのは、洗い上がった洗濯物を干したり取り込んだりすることです。いちいち洗濯機から出してベランダへ持ち出して、両手を上げての物干し作業、これはけっこう苦痛です。しかも、外で働いている人はベランダなどに干しておいて、そのまま一日留守にしたら、盗まれることもあり、雨に降られて台無しになることもあり、面倒です。さらにこれを取り込むのも、両手を挙げての作業なので、ずいぶん疲れます。すくなくとも私はその干し・取り込み作業が大嫌いです。

そこで、私は一切洗濯物は外に干さないということにして、もう二十年以上経ちました。

乾かすのは（一部のデリケートな素材のものを除いて）原則的に乾燥機です。最初は、ちょっと反対意見だった妻も、いまでは、乾燥機なしでの生活などは考えられないと言っています。

そういうふうに、合理的に、省力的に、家事を遂行するならば、そんなに面倒ということはありません。

料理も基礎から稽古する気持ちで

料理も技能ですから、やはりまったく自己流というわけにはいきません。たとえば、庖丁だって、素早く、きれいに、それをしかも手を切ったりすることなく、安全に使うことができなくては、料理はうまくいきません。

良く切れる庖丁でスッと切った場合と、なまくらな庖丁でギコギコ切った場合では、たとえば刺し身だってまったく味が違います。野菜も、きれいに細く揃えて切れているか、それともばらばらの太さで不格好に切れているかで、まったく出来上がりの味も姿も違ってしまいます。見た目も味のうちです。どうせなら、良く切れる庖丁で、美しく切る、それが結局速くかつおいしくつくる秘訣ですし、また手などを切る恐れもずっと少ないのです。

母が料理好きで、しかも手早く上手に作る人だったので、私は子どもの頃から台所にしょっちゅういる子でした。母は男女の区別なく、お料理の手伝いをさせてくれたものです。しかし、不思議なことに、兄も妹も料理には興味がなくて、台所少年だったのは私だけでした。そうして、たとえば餡こを煮るのを手伝ったり、卵を攪拌《かくはん》するのを分担したり、そんなことで自然に料理の手順や方法を覚えてしまったものでした。

それに、手伝っていると、母は「ちょっとお味見する？」と、少し食べさせてくれもした、そういうことの総和が、お料理の楽しさとして私の意識に刷り込まれたのでした。また、少し余った材料で、さっさと即席にお菓子を作ってくれたり、母の料理は魔法のように少年の私を魅了したものでした。

それゆえ、どうやって味噌汁を作るか、なんてことは、もういつの間にか知っていて、大人になった頃には、自在に作ることができたというわけです。

よく母は味噌汁に入れる大根のセンロッポなどを、トントントントンとリズミカルな音をさせて見事に切っていきましたが、それは最初のうちはなかなかできません。私は母の手つきをよく見習って、どうやったら、手を切る危険なく、あのスピードでトントントンと切れるのかということを、やはりよく見習って練習しました。

なんでも教わることよりも、主体的に見習うということが一番なんですね。

とはいえ、定年になるまで、料理などはほとんどしたことがない、という男にとっては、さあ、いきなり厨房に入って料理をしようとしても、それはなかなか出来るものではありません。反対に、台所を司《つかさど》ってきた妻からすると、亭主がよけいなところに入ってきて、うろちょろされたのでは、面倒だし、危ないし、ろくなことはないと思うかもしれません。

でも、誰だって最初から上手にできたわけではないのですから、男は、謙虚に見習うという気持ちで、上手な人の手さばきを観察し、真似し、練習する、そこから料理修業がはじまるのです。亭主風なんか吹かせてはいけません。あくまでも新弟子修業のつもりで、謙虚に、こつこつと練習する、その心がけがあらまほしいものです。

そうすれば、別に料理学校に行く必要もなく、「男の料理講習」なんてのを、カルチャーセンターに金を払って教わりにいくにも及びません。毎日の料理は、毎日の家庭で見習う、そうありたいものです。

そうして、一年くらい見習って、ともに料理し、あるいは分担し、あるいは交代して、毎日の調理仕事を、共同参画でできるようになる、それが望ましい姿です。

相手の性格を変えるのは不可能

掃除ということも、とかく夫婦で揉めるところですね。どちらか一方は非常に潔癖症、もう片方はズボラ、というアンバランスは、どうしてももめごとになりやすく、しまいに互いの敬意を失ってすきま風が吹くということになりがちです。

だから、掃除に関しては、夫婦で「程のよさ」という美学を共有するのが、ベストのように思います。私などは、どうしても散らかすほうで、自宅をまるでショールームのように隙なく磨き上げて、よけいなものは何一つ置かない、のようなことだと、ちょっと居心地が悪くてくつろぎません。

自宅なんだから、もっとスロッピーに、自堕落に、ほどほどに散らかして暮したいと、私は思っています。この点に関しては、じつは私の家は、両親もあまり几帳面に片づけるほうではなかったし、妻の両親も同様、だから私ども夫婦も、ほどほどにだらしなく散らかしつつ暮していますが、それがいちばん住みやすいという感じがします。そうではありませんか。

しかし、なかには、極度に神経質で潔癖症という人もいます。これが仮に亭主はそのような潔癖男だとすると、家の中が少しでも汚れたり散らかったりするのが我慢できません。ところが奥さんのほうはあまり掃除が得意でないタイプだったりする、そういうことがあると、夫婦仲はどうしてもぎくしゃくします。夫が口うるさく奥さんに小言を言い、奥さんは「うるさいなあ、ごちゃごちゃと」と、不愉快になる。夫は夫で家が散らかってるのが不愉快、妻は妻で、夫が小言幸兵衛なのに我慢がならない、それでは夫婦はうまくいきません。むろん、この反対というカップルも多いことでしょう。どちらかというと、奥さんが潔癖でインテリア好き、夫はずぼらでのんびりや、そういうカップルのほうが多いかもしれませんが、どちらにしても、その美意識や価値観があまり違うのは不仲のもとです。

そこで、こういう場合も、やはり「個(孤)」の原理に思いを致さなくてはなりません。もし潔癖で清潔屋であったら、それが夫であれ妻であれ、その清潔屋のほうが文句を言わずにせっせと片づけてきれいにすればよい。ずぼらなほうは、自分流にのんびりとやればよい。この距離感が、夫婦円満、また定年後の共同生活の秘鍵《ひけん》だと、私は思います。

しかしながら、いくら言ったって片付けない人は片付けない。これもまた「個(孤)」の原則を以てして、ずぼらで嫌だなと思っても文句は言わず、掃除好きな方が自分で片付ければいいんです。

どんなに文句を言ったところで、言われたほうはストレスになるばかりで、しかし生来の性格は直しようもない、また言っているほうも、「こんなに言ってるのに」とストレスになる。それゆえ、そこはもうあきらめて、自分が死んだらきっとゴミ屋敷になるんだろうなと思いながら自分でせっせと片付けるか、あるいは自分の部屋と居間だけはきれいにしておいて、相手の部屋には手を付けずにおく、そうして心して口うるさいことは言わない、とこれに限ります。

人の性格は生まれた時の遺伝子で大半は決まっていて、それぞれの親の「クセ」で育てられるわけですから、結婚するまでの間にほぼパーソナリティは固まってしまっています。だから、結婚後の生活のなかで、後天的に相手の性格を変えることはほぼ不可能だと割り切って、あまり一方に片づけようとしないこと、そして適切な距離感を持った個と個、そんなふうに思っていたいものです。片づけるのも個性、散らかすのも個性です。

料理も掃除も同じこと、自分の奥さんが料理がうまくなければ文句を言わず、夫が自分で作ればいい。亭主が掃除が下手なら、妻はだまって片づける、それが定年後の夫婦円満の秘訣です。

第五章 残すものと捨てておくもの

徐々に貧しくなっていくことを受け入れる

理想は、落語の「ご隠居さん」

定年になって家にいると、奥さんに「邪魔だなあ」「うざいっ！」とか、思われて疎まれてしまう夫たちはたくさんいることでしょう。では、なぜに「邪魔」であり「うざい」のか、そこをまず反省してみることにしましょう。

昔から「嵩高《かさだか》い」という言い方があります。「嵩高い」は、体積が大きくて嵩ばっているという意味ですが、転じて、場所ふさげで鬱陶《うっとう》しい、という意味にもしばしば用いられるようになりました。まあ、男のほうが一般に体が大きく、態度も大きい人が多いので、とかく「嵩高く」感じられてしまうのでしょう。本人は威張ってるつもりもないのですが、ついつい会社での上から目線的な意識が出てしまったり、なにもせずにごろごろして妻にあれこれ命令したりするから、そういう目で見られてしまうわけですね。夫たちはおおいに反省しなくてはいけません。

そこで、嵩高くならないためには、「お邪魔にならないよう、そっと生きてます」といった日頃の心がけが大事です。

自分から「ああしよう」「こうしてよ」などと投げつけるのでなく、まずは自分から動くように心がけ、妻や家族から、何かを「やってくれない?」と頼まれたら、それができることであれば、ともかく誠意をもってやる、その心がけがもっとも大切なところです。イメージとしては、あの居るか居ないかわからないような、ウスバカゲロウのように儚い存在、でもいざとなると縁の下の力持ちとして実力を発揮するといきたいものです。

江戸時代までは、相続税なんて制度はありませんでしたから、武士でも商人でも、ある程度の年齢になったら、家督を子供なり跡継ぎなりに譲って、自分は隠居したものでした。隠居すると、もう俗世間からは身を引いたということを形で示し、いつあの世に行っても不足はありませんよ、という意思の表明として、頭を丸め、法名を名乗る、そんなこともごく当たり前に行われていました。

このご隠居さんたちがどうやって生活していたかというと、これは家督財産を跡継ぎに譲るときに、自分の老後の隠居生活の蓄えとする資金を、手許に保留しておくのが通例でした。これを「隠居金《いんきょかね》」と申します。まあ、その分は、現役時代にちゃんと取り分けて貯めておくというわけです。

そうして、それまで大きな屋敷に住んでいた人も、その家は跡取りに譲り、隠居金でどこかに小さいけれど風雅な拵えの家を買って、そこを「隠居所」として暮しました。もう現業には手を出さず、跡継ぎに任せて、ときどきはなにかにの相談に与《あずか》る、そんな暮しぶりでしょうか。そこで、俳句をひねったり、謡《うたい》を唸《うな》ったりして、楽しくひっそりと暮らす。

これが一つの理想的な老後の暮し、いわば江戸時代における「定年後の作法」であったわけで、実に結構な暮らしぶりだと、私は羨ましく思っています。

落語に出てくる大家さんとか、町内の御隠居、なんて人もこういう現役を退いて悠々自適している老人たちで、今風に申せば、マンションのオーナーというところでしょうか。

人望もあり、年の功もありで、なにか町内でトラブルが起きれば、仲裁にもはいる、異見小言《こごと》も言うという調子で、こういう老人たちが、むかしは一つの機能を果していたものでした。しかし、なにも頼まれなければ、書見台に書物を置いて本など読む、あるいは多少の田畑を持っていれば、楽しみと健康と食材自給を兼ねて、晴耕雨読《せいこううどく》なんて生活をする人もいたことでしょう。

こんなのが、まさに定年後のひとつの理想的生活形態でした。

老後の資金で不動産を買うのは危険

昔は今みたいに長生きではなかったから、「人間五十年」と言ったくらいで、五十歳まで生きればもう充分に生きたと観念したものでした。おおかた半分くらいの子供は育たずに死んでしまったこともあり、結核やら天然痘やら、赤痢・疫痢・コレラなどさまざまの疫病に襲われて落命する人も多く、貧富の差の大きかった時代ですから、貧窮のため栄養失調などで早世することも珍しくありませんでした。さらには、飢饉や地震・洪水などの災害で死ぬ人も非常に多かったはずですから、平均寿命など江戸時代には二十歳台であったろうと思います。

そういう時代には、五十歳にもなれば、もう自分は充分に生きた、あとの余命は「おまけ」だというふうに観念するのが当たり前でした。

元禄時代を代表する作家であった、井原西鶴は、五十二歳（数え）で死にましたが、晩年、いわば辞世の句として、

浮世の月見《み》過《すご》ごしにけり末二《すゑに》年《ねん》

と詠み残しています。

ところが、江戸時代にはそういう隠居生活ができたものを、現在は難しいことになっています。なぜかというと、もし現在の動産・不動産を子供に譲って、自分は隠居しようと思うと、そのところで、「生前贈与」が発生し、相続税よりはるかに重い税が課されてしまうからです。どうしても本人が死んでから相続するのでないと損をする、そういう構造になっているために、今は、七十になっても八十になっても、隠居は難しいというわけです。

しかるに、人生百年時代というようなことになってくると、定年で現役を退いてから三十年も四十年も、無事生活するためには、相当の資金が用意されなくてはなりません。例

の、老後は二千万円とか三千万円とかの蓄えがないといけないと問題になった、あの老後資金問題です。

とはいえ、一部の裕福な人を除いては、そんなお金を用意しておくことなど、とうてい難しい、これでは老後は路頭《ろとう》に迷うかもしれないと、そういう強迫観念に襲われて、では投資をしてアパートを作って、その上がりで楽々と暮そうか、というアイディアにおおいなる魅力を感じる人も多いかもしれません。

しかし、じっさいには、なかなかそれも思うようにはいかないのが現実です。

実は、私の父も、老後の経済的裏付けのつもりで、賃貸用のマンションを数戸持っていたことがあります。

それらの投資用のマンションを買ったのはちょうどバブル期でした。当時は、なにしろ金が余っていた時代、銀行もどんどん融資をしてくれて、父は安心してマンション投資をしたのですが、あとになって、とんだお荷物になってしまいました。

じつはこういう投資用のマンションというのは、ローンを組んで買うと、そのローンの利子が高いので支出が家賃収入を上回る時代だったために、毎年差損が出ます。これを総収入から相殺《そうさい》すると節税になるというのが、まあ売り文句でした。たしかにそういう節税効果はあったと思いますが、ところがどっこい、父が老齢になって収入が少なくなってきても、当時三十年ローンなどで買った物件には、延々と利子付きの支払いが続いていました。そのために、晩年の父は、このローン返却に吸い取られて、随分お金を損してしまいました。

私どもは、そのことにある時気づいて、銀行に掛けあい、バブル時代の非常な高利からもっとリーズナブルな利率に借り替えることを承諾してもらって、なんとか赤字を減らしつつ、これらのマンションを処分する方策をとりました。

なにしろ、建築後二十年も経っているマンションになると、もはや借り手がなく、家賃もどんどん値下がりしてしまって、赤字は膨らむばかりでしたから。

そこで、もう赤字は覚悟で、すべての物件を売り払うと、千万円単位の損失が出ましたが、それはすべて私が負担することにして、これらをなんとか処分することで、それ以上の損失を防いだという経験があります。

ですから、今世の中全体が縮小してゆく時代に銀行からお金を借りて投資用マンションを買うとか、アパートを建てるなどということは考えもので、もし土地持ちで、比較的少額で建てることが出来る場合を別として、大金を借りて建てたりすると、老後になってその返済が大きな負担になってくることが充分にあり得るのです。

常に入居者が満室であれば、なんとかなりますが、アパートなど、築二十年以上になると、よほど交通至便の場所でない限り次第に借り手が減ってしまって、やむを得ず家賃を下げるというようなことになりがちで、それでも借り手が見つからず空き室のまま空しく経費だけがかかる、なんてことも往々にしてあり得ます。

だから、そういう形で、あわよくば家賃収入でラクラクと、などという希望的な考えで安易に投資をすると、晩年が非常に重苦しいものになりかねない、そんなことも覚悟しておかなくてはなりません。

その意味で、資金を不動産などに集中投資するのは考えもの、むしろ、投資するならいろいろな方面に分散する、アセットマネジメントということを考えないといけないのだと思います。

損をして得を取る

ちなみに、巷《ちまた》で遺産相続でもめたという話をよく聞きますが、これは自分が得しようと思うからもめるのです。

私の場合、兄と妹の三人きょうだいですが、上記の通り、父が亡くなった時に残っていた不動産関係の負債は、すべて私が引き受け、負債をきれいにした上で、兄と妹に相続してもらいました。その代わり、両親と一緒に住んできた現在の家は私が貰うということで、遺産相続はすんだのです。幸いに、それまで私の手許にもそれなりの蓄えがあったので、そういう始末を付けることができたのですが、ただ、そのために老後の資金がだいぶ目減りしてしまったことは否めない事実です。しかし、お金には代えられないものがあります。

損失はできるだけ自分が引き受ける、と言えば、相続は丸くまとまるわけです。みんながそういう心だったら、円満裡《えんまんり》に平等に損失を分け合うということで、これ以上望ましい解決はあるまいと思います。ところが、どうかすると、自分が得を取って損を人に押し付けようとするから争いになります。争って良いことはなにもありません。

一家で争ったり、訴訟沙汰になどなれば、時間も手間も費用もバカにならず、なおかつ、非常に精神衛生上よろしくありません。いわゆる、「損して得とる」というのは、そういうことだと私は思っています。

せめて老後に向って、一族がぎくしゃくと争うのでなく、みんながニコニコできるようにして平和な晩年を目指す、そうありたいものだと思います。

徐々に縮小させていく

これは父の晩年を、ずっと身近で見ていて感じたことであります。

父雄二郎は、もともと経済企画庁の官僚エコノミストでしたが、途中から東京工業大学の教授に転じ、それも定年まで相当の年数を残して、トヨタ財団の専務理事となりました。この職業を七十歳まで続けて、いわゆるフィランソロピーの世界で活躍し、やがて新設の東京情報大学の学長になり、それから九十歳まで日本財団の特別顧問として勤めていました。

母のほうが十七年ほど早く亡くなって、それ以後は、ずっと独身で私の家族と共に晩年を過ごしました。それゆえ、私どもは、母の晩年も父の晩年も世話しつつ、残らず見届けることができたのです。

さしも壮健であった父も、仕事をやめた九十一歳くらいからは家にいる時間が少しずつ長くなっていきました。

それでも、家に籠っていては足腰が弱るといって、毎日よく歩き、自分で家事もそれなりにこなし、時々は一人でふらっと電車に乗って都心まで遊びに行ったりもしていたものでした。そうして、気が向くと、どこか馴染みの店などで外食をして、軽く一杯やって、上機嫌で帰ってきたものです。

それが九十三歳になると、出かけるのは自宅がある小金井から吉祥寺くらいまでになり、九十四歳になると家と駅の往復しかしなくなりました。そして、九十五歳の晩秋に、直前まで元気にしていて、ふと眠ったきり、そのまま安楽に大往生を果しました。

こういう父の晩年を見ていて、私が思ったことは、人の行動は、晩年に近づくにしたがって、だんだんと縮んでいくのだな、ということです。若い頃には、世界中を飛び回って活動していた父も、次第に外国への足は遠くなり、九十を過ぎてからは、行動範囲が都内から近在へ、隣町から家の周囲と、だんだん縮小してゆく、それが自然の摂理なのだと、父はその死に至る道筋を見せてくれました。

生老病死《しょうろうびょうし》ということを申しますが、世の中に生きとし生けるものとして、何者もその運命を逃れることはできません。今どんなに元気でも、明日もまた同じように元気だと、誰が保証してくれましょうか。ある日突然に脳溢血やら心筋梗塞で斃《たお》れるかもしれない。それはほんとうに予測のできないところです。毎年人間ドックで検査をしているから大丈夫だ、と思っている人もあるかもしれませんが、検査とて万能ではありません。

毎年の検査で異常が無くても、人は年々歳々確実に老いていきます。老いるということは、たとえ健康な人であろうとも、肉体と知能との両面にわたって、少しずつ少しずつ頽《たい》廃《はい》していく過程だということができましょう。

亡父は、まったく健康な人でしたが、それでも、毎年毎年、その歩みが遅くなり、出歩く距離が縮小していったように、筋肉が衰え、目が悪くなり、耳が遠くなり、歯が抜け、などなど、あらゆる「部品」に老化が現れます。

そうして、しまいに心臓とか血管とか脳とか、生命の根幹にかかわる部品に故障が来た時、私たちは老から死へと運ばれていくことが避けられないのです。

もし脳に障害を発して知性を失うことになったら、さあ、それから自分の老い先をどうするかなんて考えることもできません。

だから、今、まだまだ元気で正気なうちに、これから先をどうやって「仕舞っていくか」ということを切実に考えなくてはならないのだと思うのです。

つまり、「老い」は、まだまだ元気なうちに、自分に受け入れなくてはなりません。

じっと自分自身の現在を考えてみると、やはり、もう目は若い時の半分も見えていないでしょう。緑内障や白内障といった病変だけでなく、老化にともなう斜視だとか老眼だとか乱視だとか、それはもういやおうなく突きつけられる現実があります。耳だって、右の耳はほとんどまったく聞えなくなりました。

こういうところから類推すれば、脳の機能にも、相応の機能低下が現れつつあることはいやおうなき現実です。

しかし、まだこうしてその老いつつある自分を、きちんと判定できる知性が働いているうちに、この先の「老・病・死」を想定して、すべての面で自分を「片づけていく」ということが大切だと、私は観念しています。

年金はなるべくとっておく

まずもって、老後の生活はどう設計するのか。

前述のとおり、私は五十歳のときに東京藝大の教職を退官しました。勤続六年という短い奉職期間でしたから、退職金などはほんとうに僅かで、八十万円余りに過ぎません。その前職の東横短大助教授職も勤続十三年でしたから、退職に当って受けとった手当ては二百万円少々だったように記憶します。一流企業に定年まで勤め上げた人が、千万単位の退職金を手にすることを思ったら、まったく老後の足しにもならない金額に過ぎませんでした。

といって、退職後は、国民年金に加入してきちんと掛け金を払ってきましたが、それまでの共済年金と国民年金を合わせても、とうてい生活費が賄えるほどの年金は受けとれません。しかし、だからといって、子供たちに頼るつもりもありません。

まして、日本の年金制度は、社会の高齢化や経済状況にともなって、ほんとうにちゃんと受けとれるかどうか、心もとないところです。ですから、私自身は、年金がもらえる年齢になったらすぐに受給を開始しました。

そうして、受けとった年金は、一銭も使わずに、すべて老後の資金に貯蓄していくことにしました。投資をすべきだという人もいますが、もうこれから先、確実でない投資に回す資金は手許に残っていません。

ただ、作家業ですから、いまも相応に仕事は続けていて、相応の収入はありますが、年々歳々それは減少して行きます。まさに、人間の健康も縮小していくように、生活そのものもだんだんと縮小していくべきがほんとうなのだろうと感じています。

そして、受給した年金は、ほんとうに働けなくなった時まで手付かずで置き、年々歳々減少していく収入に見合った生活をしていく、そういうふうに思っています。

この「縮小していく生活」を、自分で考えて、粛々と受け入れていくことこそ、これからの最大のテーマだと、私自身は考えています。

免許返上の一里塚は七十五歳

私は無類のドライブ好きですが、七十五歳を過ぎたら免許を返上して、車に乗ることをやめるということも考えておかなくてはならないなと、自分に言い聞かせているところです。

若い頃は、広島でも青森でも一人で車を運転して行っていましたが、七十歳を超えたいまは、さすがに自重して、関東一円と名古屋、新潟、金沢くらいまでを運転の限度と決めています。これがやがて関東一円になり、東京都内になり、そして運転はやめる、というふうに思い切る日を、きちんと想定しておかなくてはなりません。それが七十五歳くらいかな、と思うのですが、二十歳から一日として車を運転しない日はないというくらいの運転マニアである自分を、どうやって宥《なだ》め、納得させて、車の無い老後を受け入れるか、これからの大事業だと私は思います。

老いて行く自分を認めることができず、いつまでも運転に恋々として、しまいには重大な事故を起こして晩節を汚すようなことがあっては一大事です。そうならないうちに、ここはどうあっても、勇気を持って撤退しようと考えています。

免許を返上すれば、一挙に行動範囲が縮小されます。そうして、あとは父が身を以て示して逝った、最後の最後への道を辿るということになろうかと思います。

免許を返上すると、なかなか信州の別荘にも行けなくなりましょう。そうなったら、子供の頃からずっと、いつも私の心の故郷であった信州の家も、あきらめて手放すことになるでしょう。事実、子どもの頃からの別荘仲間だった友人も、先日七十五歳になり、別荘を手放したからもう来ないと言って去っていきました。これには、我が事のように感慨深いものがありました。

自分にとって何が大切かを見極める

文化的な財産は次の世代に渡す

ここで、私の目下の目標である「減蓄」ということについて、すこしお話ししましょう。

若い時代は、これから先の人生を設計するために、誰もみな「貯蓄」ということを考えるでしょう。それは当たり前ですが、しかし、定年のころになり、還暦を迎えなどしたら、そこからは人生仕舞いに向っていかなくてはなりません。

つまり、どうやったら貧乏にならぬように、少しずつ身の回りの財産を処分していくか、という筋道です。

還暦を過ぎた頃から、私は極力ものを買わない、必要なもの以外は買わずに、身辺の物を増やさないようにしようと考えました。どうしても人間には欲望がありますから、あれこれ欲しくなるものもあり、結果的に物が増えてしまうのが人生というものです。けれども、定年後は、収入も減少することが避けられませんから、いままで買えていたものも買えなくなるという前提を受け入れなくてはなりません。つまり生活全体を見直して、縮小していく決意です。

私の人生は、若い頃からずっと書物とともにありました。

二十代の頃は、なににも優先して書物を買ったものでした。研究者というものは、その生活の基礎になる書物は、どうしても座右に備えておかなくてはなりません。いちいち図書館に行って調べるなどしていては、時間がいくらあっても足りません。それに、もともと本が好きだからこそ国文学者になり、書物の学問である書誌学の専門家にもなったのです。

かくて、書物はおのずから年々歳々増加し、今では、およそ二万冊くらいの蔵書と共に暮していています。それに作家として立つようになってからは、出版社や知友がたからさまざまの本が贈られても来て、自然自然に蔵書は増える一方でした。

若い頃から、ひとたび書室に入った本は手放さない、という方針で暮してきたのは、いわば書物との「縁」を大切に考えたからですが、さすがに途中から置き場所がなくなって、もう決して読まないだろうなあと思える本から、古本屋さんに引き取ってもらうことにしました。

次に問題となるのは、一種の文化財でもある古書です。

古書というのは、江戸時代以前に刊行された、いわゆる和本の書物を主として、洋書の古典籍も混じっています。どちらにしても、今から二百年、三百年前の書物で、いわばこういうものは文化財的な意味を持っています。そうして私はそれらの古書を材料に研究もし、著述もしてきたので、これらは私の仕事に欠かせない研究素材でもあります。

そうなると、著述を業としている間は、どうしてもこれらを手放すことは難しい。これらを手放すのは、すなわち作家業を廃業するか、私が死んだ時ということにならざるを得ないのです。

しかし、これらの価値が分るのは私だけで、家族は誰もその価値を知りませんから、私が死んでから手放すのでは、おそらく二束三文で売ることになってしまうでしょう。どうせなら、きちんとした評価のもとで、これらの文化財を世の中にお返ししたい、と私は思っています。それゆえ、私が元気なうちにこれらを正当な評価のもと、しかるべき古書市などに出して世の中にお返しする、そういうふうにしたいものです。

書物の寿命は長く、とくに和書は非常に安定な物質で出来ているので、保存さえよければ千年でも命を保ちます。しかるに人間の命などはたかだか九十年くらい、となれば、祖先が残してくれた文化財である古書を、私はほんの数十年だけ手許に置いて愛読することを得たというだけのこと、これが私の所有物だとおもうのは思い上がりです。

欲望にかられて、これらをいつまでも手許において、万一火事にでもあえば、文化財の喪失です。だから、私が元気で、本もきれいなまま、次の所有者にバトンタッチしてから、この世を去りたい、と私は思っています。

大事なもの、価値のあるものから手放す

還暦を過ぎてから、そう思って私は、大事な大事な本を、古書展などに出して売却してきました。これからますます多くのものをきれいに手放そうと思っています。その要諦は、「大事なもの、価値のあるものから手放す」ということです。とかく未練で、良いものは手許に置きたいと思っていると、ついに何も手放すことができません。

そう思って、私は、目ぼしいものは、次々と市に出品して処分しつづけています。若いころから四十年間かかって蒐集した『古文真宝《こぶんしんぽう》』と『三体詩《さんていし》』のコレクション約二千冊も、すべて手放して国文学研究資料館に委譲しました。

こうして、私の書庫には、大きなスペースがぽっかりと空いて、一抹の寂しさも感じますが、いやいやこれで良かったのだとささやく声が聞え、これからも、着々と良い本から手放していくというつもりです。

そういう風にして、なお手放すべきものがあれこれあります。三千枚ほどにもなる音楽のCDコレクション、ここ十年ばかり、ことあるごとに集めてきた古い歌曲楽譜のコレクション、『薩摩スチューデント、西へ』（光文社時代小説文庫）を執筆するに際して六年か

けて蒐集した歴史資料など、まとめて引き受けてくれるところがあればよいが、と思っているところです。

その他、洋服であれ、骨董品であれ、身の回りを埋めているさまざまの「もの」に、潔く「さらば」と決別する日は、もうそう遠くないものと決意しているところです。そうして、老後は、少ない物とともに、簡素で質朴な暮しをするようにしたいと思います。

世の中には、断捨離ということが流行り、その専門家という人もいて、本などもしきりと刊行されています。それだけ、断捨離が難しいということなのでしょうが、このときに一番肝心なことは、要するに「大切なもの、価値の高いもの」から先に処分していく、ということだと私は思っています。そういうものは、おそらく売却すればそれなりのお金にもなりますから、ちり紙交換に出してしまうのとは違う、ある種の納得感があるでしょう。そうやって、ものを手放すことが、一種の投資効果を確かめることになりますから、手放すことの寂しさをいくらか癒すことにもなります。

なに、いったん手放してしまうと、そんなに未練は感じないものです。ああ、昔はあんなものを持っていたな、という記憶は残りますが、それを手放して残念無念だというような未練はあまり残りません。不思議なものですね。

そうして価値あるもの、大切なものを、どんどん手放していけば、あとの残りは、仮にそこで自分が死んで、子や孫が、二束三文で処分してしまったとしても、なんの残念なことがありましょうか。

清潔が第一

「じじむさい」という言葉がありますね。「爺＋むさい」ということばで、老人になると、なにかこううす汚くむさくるしくなる、その感じを言う言葉ですが、なんとかして、私は「じじむさく」ならずに死にたいものと思います。

それには、何と言っても清潔が第一。むさ苦しく不潔で、ひどい加齢臭がするようでは、人を不快にさせるばかりで嫌がられます。

人が嫌がることをせず、互いの尊厳を尊重しあう、という「個（孤）」の原則でいえば、自分の身なりを清潔、瀟洒《しょうしゃ》に保っておくことは非常に大事です。

同年代の男たちに会うと、どうして彼らはこんなに臭いのだろうと思うことが少なくありません。つまり、彼らは不潔なのでしょう。毎日きちんと入浴して体を清潔に保つ、という原則、それから、タバコというような悪臭を放つものをやめる、酒も呑み過ぎると口臭が甚だしくなりますし、毎日清潔な服に着替えないと、また不潔な臭いが漂います。すべて自分では気づかないで、他人に不愉快を与える要素ですから、とくに高齢になったら、男も女も、これらのことに充分気を配りたいものと思います。また女性の場合は、あまり強烈な香水なども、不愉快のもとですから、ぜひ控えたほうが宜しいと思います。

それから、定年後は、それぞれが別の仕事の世界で生きていた時代とちがい、夫婦が一つのユニットとして暮しを作っていかなくてはなりませんね。だから、あまり現役時代のような「男のつきあい、女のつきあい」なんてことは止めにしたほうがよいと思うのです。会社の帰りに新橋で一杯やっていく、そういうようなことは、もう昔日の夢としてすっぱりあきらめ、酒も家飲みを原則として、それも深酒などはしない、食事のときにちょっと晩酌をしてすぐに切り上げる、そういう心がけでないと、いっしょに暮している家族に大きな迷惑と負担をかけてしまいます。心したいところです。

人間関係も縮小させる

現役時代は、仕事上のつきあいもあるだろうし、昔からの友人だとか、親戚どうしのつきあいなど、さまざまに人づきあいがあります。それが現役であることの証しのようなものですが、しかし、退職とともに、まず仕事上のつきあいだった人とはいやおうなく疎遠になっていくにちがいありません。また親類づきあいなども、それぞれが高齢化したり、子供たちも独立して離れていったり、そんなことで次第に疎遠になっていくのが当然です。

若いころは、両親の家に集まって正月を祝うなんてこともあったけれど、それも両親は老いたり亡くなったりして、次第にそこにみんなが集まることはなくなり、こんどは自分がそのかつての両親の位置に変っていきます。

そうなると、かつてはイトコどうしなども仲良くしていたかもしれないけれど、それも次第に縁が薄れ、そして切れていく、そんなもので、交友関係はおのずから縮小していくのです。これがやはり人間関係でも縮小していかなくてはならない、定年後の作法に違いありません。

ですから、そこはすっきりと割り切って、広く浅く付き合うことよりも、本当に信頼すべき親友や仲間が一人か二人、まあせいぜい三人もいれば良い、とそのくらいに割り切っていくことです。

その親友の究極が「夫婦」である、というのがもっとも望ましい形です。

福澤諭吉は、『福翁百余話』(明治三十四年刊)のなかで、「文明の家庭は親友の集合なり」ということを言っています。すなわち、夫婦も親子も、みな親友のように親昵《しんじつ》に平和に暮してこそ家庭の幸福があるのだということで、

「父母の言行《げんかう》さへ正直清浄《しやうじやう》にして身に一点の醜穢《しうわい》を留めざれば、家庭は恰《あたか》も親友の集合にして万年の春を楽しむ可《べ》し」

と言っています。

もし幸いにして、夫婦の間柄が良好であるなら、それは願ってもないことで、そこに定年後の人付き合いのもっとも基本のところがあるにちがいありません。

そうしてまた、福澤が同じく、

「老人は家友《かいう》中の長者にして年少《わか》き子女は新参《しんざん》の親友なり」

と看破したように、まずは夫婦、親子、そういう家庭の平和な「友情」を大切にして、友達づきあいは極力整理し、縮小し、本当に大事な人以外は、徐々に遠ざかって行くのが、自然の摂理に適《かな》うものと思っています。

外食はせず、食材は無駄なく使い切る

かくて、会社関係のおつきあいとか、さまざまな義理の交際とかを整理していくと、結

局、現役時代にはあちこちの料理屋やレストランなどで食べたり飲んだりしていたかもしれませんが、そういう機会も次第になくなっていきましょう。それが当然のことです。いわゆる社用族のようなことも、もはやあり得ない、なにもかも自腹というのが定年後の原則ですから、当然、一人前何万円なんて豪勢な食事は埒外《らちがい》に追いやられるでしょう。

もし定年後にも、そういう見栄を張ったつきあいをすれば、たちまち経済的に破綻がやってきます。もうグルメぶった外食は、過去のこととしてすっぱりと諦めてしまえば、べつに痛くも痒くもありません。

といって、ぐっとお安い定食屋で食べるのも、なんだか面白くないことで、それなら家に居て自分で料理すれば安くあがるし、自分の好きな味に作ることもできる、それがいわば食費節約の大原則です。つまりは外食は極力やめたほうがいいと、お勧めする次第です。

買い物も、あれこれと予め献立を決めてから買いにいくのではなく、どんなことにも使える普遍的な食材を一通り買っておいて、それが無くなるまで、工夫して使い切る、それが、いわば食費節約の王道です。工夫万端、無駄なく使い切る、そこに要諦があります。

料理は、私にとって楽しいレクリエーションでもあるし、妻も喜んでくれるしで、どんな献立でも面倒くさいとはちっとも思いません。ジャムでもマーマレードでも、漬物でも、煮凝《にこご》りでも、寿司でもめん類でも、なんでも自分でさっさと作ります。なに、今は夫婦二人ですから、食べる量などたかが知れています。

それに、仮にダイコンを一本買ったとすると、ダイコンおろし、きんぴら、おでん、鰤《ぶり》大根のような煮物、なます、糠漬などなど、何種類にも役立てることができます。そこらへんは智恵の使いようと研究心です。

そうやって、無駄なく食材を使い切って、使い切れない分はピクルスだとか、漬物だとか、あるいは佃煮のような常備菜に作って、無駄なく食べてしまう、そういう志をもって料理をすれば、楽しくこそあれ、面倒だなんてことはまったく感じたことがありません。

効率よく《休養》する

高齢者は残された時間が限られていますから、一分だって無駄にできません。とはいえ、効率的な休養も大事です。

肉体的休養は、睡眠に留《とど》めをさしますから、たとえば夕食後に眠気を発したら、ちょっと横になって仮眠をするなどはもっとも気持ちのよい休養法です。そこを我慢して居眠りなんかしてるのは、体を痛める基《もとい》です。

休養といっても、頭の休養と体の休養がありましょう。体の休養は眠るに如《し》かずですが、そのためには、頭の休養を取ることが必要です。あまりに頭を酷使すると、なかなか寝つけなくなったりしますから、どうやって頭の緊張をほぐして、リラックスするか、そこにもまた、とかく不眠になりがちな高齢者の工夫のしどころがあります。

一つは、頭を使ったら、そのあとは体を動かすこと。

私は「歩く」のが一番いいと思っています。それも随時、家の周辺をさっさと歩くのもいいし、雨など降っているときは家のなかをぐるぐる歩くこともあります。それでずいぶんと気分が晴れやかになり、眠りやすくもなります。

また私の趣味でもある歌。これもよい休養になります。頭が疲れたら、たっぷりと腹式呼吸をして朗々と声楽的に歌う。これが腹筋の運動にもなり、有酸素運動で呼吸も調えられますから、非常に気持ちが良いものです。ただ、カラオケでいい加減に歌うなんてのはあまりよい運動にはならず、却って声帯を痛めたりもしますから、やはりきちんとした発声を学んで、ベルカントで歌うというのが私の場合の最大の「頭の休養」となっています。

テレビを見ることもありますが、たいていの民放局の番組は、あまりにも無内容で下らないものが多いので、私はたいていNHKのBSだとか、テレビ東京のドキュメンタリー、そしてナショナル・ジオグラフィックなどの歴史物などを見て、心を仕事とはまったく別のところに遊ばせることにしています。昔の名歌手の歌なども聴いていて気持ちが良いものだし、良質の音楽番組もまた心の栄養としては大変に役立ちます。

それは人それぞれですから、各自の好尚にしたがって、脳の緊張をほぐすように心がけると、心の健康を保つのに有益です。またさっさと歩くことを主とした有酸素軽運動が、体の緊張をほぐしてもくれることでしょう。人によってはヨガやピラティスなどを楽しむこともあるでしょう。ともかく、生活を惰性で流していくのではなくて、自覚的に、主体的に、静と動、緊張とリラックス、それを織り交ぜて生活するようにしたいものです。それが結局、交感神経と副交感神経を互いに拮抗させる結果となって、健康を保つことになるのだろうと思います。

親が子どもに遺せるもの

教育と心の遺産

私は子どもにお金を遺す必要はないと思っています。私自身、親から相続したものは、両親の住んでいた家の土地の一部分くらいなもので、金銭的な相続は前述の如く、むしろマイナス相続（借金を相続した）でありました。私の父は、生前よく「児孫《じそん》の為に美田《びでん》を買はず」という西郷南洲翁《なんしゅうおう》の詩句を口にしていましたから、それはそれで親の遺志に適《かな》ったことだったと納得しています。

世の中には、親から莫大な遺産を相続して、却って身を持ち崩したりする人も珍しくありません。私の知人のなかにも、そういう実例は何人も見ています。だから、お金を残してやることは、必ずしも子供のためにはならないのです。

親は親、子供は子供で、それぞれが自分の人生に責任を持ち、自分の力で人生を経営していかなくてはならない、これは当たり前のことだと思います。

だから、私も、自分で稼いだお金は、自分たち夫婦が死ぬまでにきれいに使ってしまいたいと思っています。

子供たちには、自分で独立して、世の中で生きていけるだけの教育を充分に与えてきたという自負があります。あとは、彼らの人生であって、私どもの任務はもう終了していると考えるのが妥当です。

しかもなお、もし親が子どもに遺せるものがあるとすれば、それは金銭ではなく、抽象的な言い方になりますが、「生きていくことの指針」だろうと思います。

私の畏友で、投資教育家の岡本和久君は、その著書『賢い芸人が焼き肉屋を始める理由』（講談社＋α新書）のなかで、

「親が子どもに教育を施《ほどこ》す究極の目的は、子どもが年を取り、まさに生を終える直前に、「ああ、私の人生はよいものだったな」と思えるようにすることにあります」

と書いています。まことに至言と言うべきもので、そういうふうに子供に思ってもらえたら、私たちの生きてきた意味は充分に報われるように思います。そしてそのことは、お金の多寡《たか》や身分の高下《こうげ》などということとは必ずしも連動していません。

さまざまな投資のあるなかで、子供の教育に自分の身の丈にあった投資を精一杯にして

やれることは、子供への愛情のもっとも端的な示しかたであろうと思います。

自分自身は素服素食《そふくそしょく》を忍んででも、子供の教育には、できる限りで惜しみなく投資をしてやりたい、と私は考えてきました。この投資は、株や外貨に投資するのと違って、原則的に損になることがありません。いわばお金は愛情の標識のようなものだと言っても良い。

そうして私は、この子供たちに惜しみなく投じたものを、老後に返してもらおうなどとはまったく思いません。彼らは彼らの人生を、きちんと運営して、その子供たちに、私たちが与えたのと同じように、惜しみなく教育投資をして孫どもの自立自尊を支えてくれれば、それで私どもの願いは叶えられると信じます。

その上で、私どもが、子供たちに残してやれる「遺産」は、どういうものかといえば、それは畢竟《ひっきょう》、親である私どもの「生き方そのもの」であるかもしれません。

最後に残された手紙

上智大学の名誉教授で神父だったアルフォンス・デーケン博士が書いた『よく生き よく笑い よき死と出会う』（新潮社）という本があります。そこに、次のようなエピソードが出てきます。

「私が三十代の頃、一時的に上智大学を離れ、ニューヨークの大学院で学んでいた時のことです。

故郷の父から、とても分厚い封書が届きました。

私が母国ドイツを離れて以来、両親との連絡はもっぱら短い手紙に頼っていました。父や母からの手紙も、近況を報せる程度のものが多かったのです。ですから、父からのその時の手紙の厚さには、少しびっくりしました。

何だろうと封を切り、中をのぞいて見ると――、それは長い長い手紙でした。

そこには、父の全生涯が記されていたのです。掲げた理想と、成功と失敗。その詳細が端正な文章で綴られていたのです。

この意味深い、愛情のこもった手紙に、私はいつしか涙をこぼしていました。手紙を読んで、これほど感慨を抱いたことはありませんでした。

そして、国際電話で、父の死の報せを聞いたのはそれから間もなくのことでした。

あの長い長い手紙は、おそらく父の遺言だったのでしょう。死が近付きつつあると予感した父は、死ぬ前にもう一度自分の人生を振り返り、生涯の記録と思い出を、遠く離れて住む息子に、精神的財産として、遺してくれたのです。

一方、家族のために寝る間も惜しんで働いていた母は、父よりもさらに筆無精でした。時おりくれる手紙の文面もおよそ簡潔なものでした。それが、私が再び東京で暮らすようになったある日、母からの封書が届いたのです。またしても長い手紙でした。父の手紙と同じ様に、母が自分の生涯を綴った心のこもった手紙でした。しかし、やはり父の時と同じく、この手紙は母の別れの手紙でした。母は投函して、数日後に天に召されたのです。

父と母からもらった二通の手紙は、私の生涯のかけがえのない宝です。（略）この手紙を通して、私はいつでも父と母に会うことができます。父母は私の心の中で、永遠に生きているのです」


こういう愛情深い両親に育てられたデーケン神父さんは、どんなに恵まれた人生でしょうか。そうして、こんなふうに子供たちに思ってもらえたら、親として、それはまさに本望であったと言うべきではないかと思います。感銘深い話であります。

こういう親から子への愛情は、いわば一方通行で、自分たちが子供に注いだ愛情を老後に返してもらおうとは少しも思いません。ただ彼らが、立派な大人、一人前の社会人となって、世の中の役に立つ人材として独立してくれれば、それで、私共夫婦の子育ての努力と投資は充分に報われたと言わなくてはなりません。

現に、私共の二人の子供は、それぞれが独立した大人となり、りっぱに社会人として世の中の役に立つ仕事をしています。その上に、六人の孫にも恵まれて、私共がこれ以上なにを望むことがありましょうか。一生懸命に子供らのために投資した努力や費用は、これを以て充分に報われたので、まことにありがたいことだと感謝しているところです。

家や財産をどう始末するか

専門家に相談してみる

死の問題は、老化にともなう病気や認知症などによってQOL（クオリティ・オブ・ライフ、生活の質）が下がってしまった場合どうするかという問題と切り離せません。また、命は取り留めたとしても、脳梗塞や脳溢血によって半身不随になってしまって、本人にとっては辛く苦しい晩年を何年も送る場合だってあるわけです。

しかも死は、いつどのような形でやってくるのか、それが本人を含めてだれにも分らないのです。

先に引いた『徒然草』第百五十五段は、次のように書き続けられています。

「生老病死の移り来る事、またこれに過ぎたり。四季はなほ定まれるついでであり。死期《しご》はついでを待たず。死は前《まへ》よりしも来らず、かねて後《うしろ》に迫れり。人皆死ある事を知りて、まつこと、しかも急ならざるに、覚えずして来る。沖の干潟《ひがた》遥かなれども、磯より潮の満つるが如し」

「生老病死の移り変わっていくことは、またこれ以上に非情なものだ。四季の移り変わりは、まだ定まった順序というものがある。けれども、死ぬ時というのは、秋の木の葉のように順序良くやってくるわけではない。それに、死というものは前のほうから、あ、死があそこからやって来たなと目に見えるような形で来るのでない。知らぬまにいつのまにかひたひたと背後に迫って来ているのである。人は誰も、死ということが自分の身にやがて来ることは知っていて、いつかは死ぬのだなと待っているけれど、それがまだまだだと思っている時に、いきなりやって来たりするのだ。たとえば、沖の干潟がまだまだはるかに潮が引いていると思っていると、気がついたときにはいきなり磯辺に潮が満ちてきているようなものである」

この「死は前よりしも来らず、かねて後に迫れり」という言葉は、いかにも恐ろしい。なるほど死というのは、やがて来ることは誰でも心得ているけれど、それがいつ、どのようにやってくるのかは、誰にも分りません。この絶対的不確定性ということのみが、死の確定的属性なのです。そこを看破したのが、この兼好法師の言葉です。

となると、いつ死んでもいいように、私たちは元気なうちに「死の準備」をしておかなくてはなりません。たとえば、家や家財やさまざまの資産をどう始末するか、それを元気で正気なうちに、ちゃんと始末しておかないといけませんね。

いや、財産のあるなしにかかわらず、誰もが、今現在の暮しについて、これからどうやって始末を付けて、現世におさらばをするのか、そこを考えておく必要はどうしたってあるわけです。今住んでいる家にだって、いずれ住めなくなる可能性はあるのです。

一つの方法は、やはりさまざまの法制度にも関係したことですから、斯道《しどう》の専門家、信頼できるフィナンシャルアドバイザーに相談するのも、一つの有益な方法です。

とはいえ、最後の最後は、どう始末するかを決心するのは自分自身ですから、そこはもし夫婦で健在なら、夫婦で心ゆくまで話しあい、場合によっては子供たちにも相談して、無事に揉め事無く人生を仕舞えるように、遺言状など作っておくべきものと、私は思っています。

私の父も、晩年にはきちんと遺言書を作って、いつも世話になっている税理士の先生にお預けしてありました。それもあって、没後の相続には、なんの揉め事もなく収まったというわけです。

死なんてことは、考えたくないことですが、だからこそ、心を励まして考えておき、常住坐臥、このことを思わぬ時はない、というくらいにしてちょうど良いのだと思います。

現役時代からの資産形成が必要

私などは、前述のとおり、国民年金を受給する身ですが、もちろん年金額などは、とうていそれで生活できるほどの金額ではありません。ただ、幸いに、私は作家業で、今もそれなりの収入があるので、年金は、前述のとおりもっぱら貯蓄に回して、目下のところは一銭も使っていません。けれども、サラリーマンの場合は、年金以外に生活を立てていくような収入を得るのは、かならずしも簡単ではありません。

そのためには、現役のときからある程度の資産形成とアセット・マネジメントを図っておくことが必要です。その際、できるだけ着実で安全で、その代わりメリットもそれなりというマイルドな運用が必要です。一か八かの投機的投資は禁物です。

これは私がここで述べるべき事柄ではなくて、岡本和久君に、資産運用について有益な著書が何冊もありますから、そういう専門の本を参照してください。

もしも、現役時代に資産形成できなかったのであれば、なにかパートタイムでなりと働いて、幾許《いくばく》かの収入を得るようにし、年金の補いを付けて、退職金などはできるだけもっと老後のために温存するというのが、望ましい姿かもしれません。

そのためにも、年金は、現実にいくらくらいもらえるのか、そして何歳まで働けるのか、体力や知力の衰えなども計算に入れて、あらゆる可能性を考えておかなくてはなりません。

そうして、いよいよ死ぬというときになって、なんとかして後悔せずにお暇《いとま》をしたいものだと、私などは、目下それればかりを考えているといっても良いかもしれません。

終活を夫婦で話し合う

病気になったとき、どうするのか決めておく

定年を迎える頃に考えておかなければならない重要なことが、人生の最期に向けた準備、「終活」です。前述の『徒然草』にも「死は前よりしも来らず、かねて後に迫れり」とある通り、今日は元気でも、明日突然心臓マヒで死ぬかもしれない、元気であったとしても交通事故に遭わぬという保証もありません、新型コロナウイルスの蔓延というようなリスクも天から降って湧く時代でもあり、地震洪水などの天変地異だっていつ起こるかわかりません。

要するに、今日元気だからといって、明日も元気だとは限らないのです。

それゆえ、定年後は、あまり喜ばしくはない努力ですが、自分の人生の終点に向けての準備を、着々粛々と進めていかなくてはなりません。

終活を考える際に何が一番大事なことでしょうか。

まず、家族の同意ということが、大前提になるに違いありません。

なかでも、夫婦の間のコンセンサスは必須で、しかもそれをきちんと書き遺しておくことです。

1　仮にガンなどの病気にかかったとき、最後に延命治療をすべきかどうか。

2　あるいは医学研究・教育のために献体するのか。

3　どこまで先進治療を受けるのか。これにはその先進治療に要する費用のことも想定しておかなくてはなりません。

こういうことは、夫婦間でよく話しておくべきことです。いざとなると、もう脳死状態になってるのに、人工呼吸器を外すことに同意しないとか、いろいろ問題が発生して来がちですから、そういう面倒が起らないように、よく夫婦で話しあって、その結果を同意書として遺しておきたいものです。

4　遺産相続をどうするか、という遺言書の作成。

などなど、夫婦で話しあって合意を形成しておくべき事柄は数々多いのですが、話してあまり楽しくはない話題なので、ついつい後回しにしていると、いつ突然に死神に肩を叩かれるか分らないのです。

私は、長いこと女子校や女子大で教えていたため、教え子には女性が多いのです。そこで、教え子たち（といっても、もうみんな結構良い年になってるのですが）に、こういう「夫婦は常に会話すべし」ということを話すと、じつは夫婦間の会話があまりないという人も少なからずいるようです。

面と向かってではなく、横に並んで話す

では、どうやって話せばよいのでしょうか。

なにか「家族会議」でもやるように、面と向かって「さあ、話しあいましょう」などと言ってみても、そうそう話は進みません。そんなのは、誰だって話しにくいですね。

私はいつも思うのですが、たとえば、レストランで食事をするというような時でも、テーブルを挟んで正面に向かい合って座る、という日本のレストランによくある着座方法は、あれは良くない。いまはコロナウイルスのおかげで、向かい合って座って話すと、飛沫が飛んで衛生的でない、というので、横並びに座る、あるいは九十度や斜《はす》向かいに着座するという方法が推奨されていますが、まことに良いことと思います。コロナウイルスが、日本的に正面に向かい合って座るという悪習を変えてくれるかもしれません。

なにか、心を通わせて話したいときは、横並びで話すことです。

たとえばドライブで、運転席と助手席に並んで座りますね。これ、案外と話が弾むではありませんか。その時のことを思い出してみると、二人で前方を見ています。つまりは同じ風景を見て、互いの視線は合わせないで良いわけですね。こういう関係を、「共視関係」と言います。同じものを見ていると、話題も共通になりやすい。しかも相手の視線を見ませんから心が対立することがうんと少ないのです。鮨屋のカウンターに並んで座るというのも、良い共視関係です。

向かい合うのは「対決関係」に位置するので、会話が行き詰まったり、対立したり、しまいに不愉快になったりもしがちなものです。こういう視線の位置関係は結構大切で、夫婦なども、毎日の食事に向かい合って座らないで、並んで座って、同じテレビなんか見ながら食べるなんてほうが、ずっと心は安らかです。つまりは、共視関係のなかで話していると相手の言葉がすんなりと心に入ってくるものなのです。

なかでも、一番良いのは、並んで歩きながら話すことです。

私ども夫婦は、毎日欠かさずに並んで歩いています。一日に一万歩、時間にして一時間くらい、せっせと急ぎ足で、並んで歩きます。その間中、子供たちや孫たちの話、親や家族の話、これからどうやって人生を仕舞うかという話、あるいは今晩のオカズはなににしようかというような、形而上的なまた形而下的な話題で、日々しゃべっていますから、自然に、終活をどうするかというようなことも、コンセンサスができあがっています。

歩けば健康増進にもなりますし、一石二鳥三鳥です。

そう思って、教え子にもアドバイスしたら、「それはいいことを聞きました」と言って帰っていきました。ところが、後日彼女から届いたメールには「夫に提案してみたら、なんでおまえと一緒に歩かなきゃならないんだ？　って言われちゃいました」とありました。そういうのは、結局夫婦の間にすきま風が吹いているという証左です。定年離婚なんてことが提起されるのは、そういう夫婦の冷たい関係なのでしょうね。

夫婦でしかできないこと

リタイア後の夫婦のかたちというとき、たまにはおいしいものを食べに行こう、月に一度は温泉旅行をしよう、とか、そういうことばかり考える人が多いように思えます。しかし、それは非日常的イベントの話で、お金もかかる。私の主張したいのは、そういう非日常の「イベント」ではなくて、日常の中での「日々の会話」の重要性なのです。

二人を共視関係に置いて、越し方行く末のことを、日々語り合う。同じことの繰り返しでもいいのです。そしてそういう話題のなかで、これから先、人生の終末とどうやって向き合っていくか、そういう重い話題もおおいに話しあったらいいのです。食事をしながら、ドライブしながら、散歩をしながら話す。そうやって常日頃からコンセンサスをとっておくということは、いざというときに困らなくてすむ、ほんとうに大切な「定年後の作法」にほかなりません。

女の人たちはよく「夫と話したって面白くないから、女友達と話したほうが楽しい」などと言いますが、いくら仲良しの友達でも終活の相談をすることはできません。自分が死ぬる時は互いの配偶者が「送り人」となるわけだし、それはどちらが先かは、誰にも分らないのですから、まだ死が切実でない日々のなかで、あれこれ忌憚なく話しあっておくのが、もっとも望ましいことに違いありません。

そうして、その日々の会話の結果として、二人で合意した事項は、かならずきちんと文書にして残しておくことが大切だと思います。私なども、もし自分が死んだときは、どうするかということを、遺書として書いて、それは毎年の年頭ごとに更新して残しています。そうしておけば、残された家族は迷わなくてすみますから。

終章

人生の《店じまい》に向けて

今日を無駄なく過ごす

定年を迎えようとする人が、これから先の人生を考える上でいちばん難しいのが「人生の店じまい」ですね。

それがいつになるかは、ほんとうに不定です。

コロナでなくても、悪性のインフルエンザに罹って肺炎で死ぬ可能性など、いくらでもあります。アクシデンタルな、思わざる死も誰にでも起こり得ることです。

いや、死なないまでも、急に認知症になってしまうかもしれません。いつまで今の知力や気力、体力を維持できるかは、誰にも予測不可能です。まあ、それは運命というか宿命というか、いずれ自分ではどうにもならないことだからこそ、常に最悪のことを前提として考えなくてはなりません。五年後、十年後までにこれをやろうと、あれこれ目標や計画を立てたところで、それまで無事に元気で生きている保証はどこにもないのです。

だから、「今日、何をやるか」が大事です。

今日一日を有意義に生きることに、まずは集中しましょう。そして、全力を尽しておけば、明日急に死んだとしても、悔いは無いではありませんか。

そういう思いで、一日一日を積み重ねていくようにしたいと、私は思っています。

私は二〇〇九年から、私の人生最大の著作『謹訳源氏物語』の執筆にとりかかりました。それから三年八カ月で最後まで書き通すことができたのは、まことに幸いなる人生であったと思いますが、この三年八カ月のあいだは、もう今日にも死ぬかもしれぬ、明日には病気に倒れるかもしれぬ、と日々不安のなかで格闘していた覚えがあります。

体調も悪いことが多かったし、途中で東日本大震災も起り、父が急死し、妹もまだ五十八歳という若さで、ガンに斃《たお》れました。そうして、だんだんと緑内障は発覚する、喘息はひどくなる、狭心症の発作にも襲われる、あれこれの不安が、ずっと心を悩ませていましたが、幸いに、天はこの作品を完成するまで、無事私を生かしておいてくれました。

一日『源氏物語』と格闘して、深夜にコンピュータのスイッチをオフにするとき、果して明日もここで無事に『源氏』と向かい合うことができるだろうか、と毎日不安な思いを抱いたことを思い出します。

そう思うと、一日でも早く終りまで書きたい。少しでも先へ先へと進めたい、毎日そう思って、いわば気が気ではなかったものでした。まあいいや、そのうちに終わるだろうと思っていたら、ある日突然に人生が終わってしまうかもしれない。だから、ともかく今日を無駄なく過ごそうと考えて、病気にならないように、いつも気をつけて、来る日も来る日も『源氏』と対話して過ごしたものでした。そうして、その仕事を成就できたのは、一種の幸運といってもよいことで、あらかじめ保障されていたわけではありません。いわゆる、メメント・モリ（memento mori）、毎日死を思う、日々死を思うなかで、せめて生きている今を濃密に無駄なく暮していく、そういうのっぴきならぬ経験を、『源氏物語』はさせてくれました。

誰だって死ぬことは考えたくないし、体が不自由になること、認知症になることなんて思うだに憂鬱です。でも、そこを敢て逃げずに考える、そこに人生に対する「定年後の作法」があると思います。せめて、できる限りの努力をして、毎日毎日、無駄なく過ごしていくようにすれば、万一の時が突然にやってきても、そこはそれ、後悔せず、従容《しょうよう》として死に就くということができるだろうと、私は思っています。

生きがいと死後の始末は表裏一体

つくづく、人生に始末を付けるというのは、容易なことではありません。なぜなら人は個人として生きるだけでなく、社会的存在でもあるからです。野生動物のように、死は、その個体の消滅で完結する事柄であったなら、ことはさまで難しいことはないのですが、人間はそうではありません。つまり、一人の個人として世の中に存在しているだけでなく、夫であったり妻であったり、子の親だったり孫の祖父母だったり、あるいは会社のスタッフであったり、人の病気を治す医師であったり、幾重《いくえ》にも幾重にも、「社会的な存在」としての意味を重ね持っているわけです。

そういう社会的存在としての自分が死ねば、どんな人も周りに影響を及ぼさずにはおきません。たとえ係累《けいるい》もなく天涯孤独な人生だったとしても、あるいはすっかり引退して静かに余生を送っているだけだったとしても、人一人死ねばそれなりのインパクトがあるものです。

ましてや、さまざまの係累を持ち、社会的存在意義を帯びて、普通に生活してきた人が死んだ場合、遺された人にはその後始末をするという大変な仕事を負わされます。

親子間で話し合うべきこと

では、誰がどうやって自分が死んだ後の後始末をするのでしょうか。

私たち夫婦が、日々歩きながら常住話しあっていることは、自分たちが死んだら、どこにどのように葬ってもらうかということです。これは死んだ本人にはどうにもならないことなので、どうしてもまず夫婦間で、次に親子間で、きちんと話しあっておかなくてはなりません。

話しても話しても、なかなか結論は見付けがたいところがあるのですが、第一、どこに墓を定めるかということだけだって、容易な問題ではありません。

個人的なことを少しお話しておくと、私どもは本質的には無宗教です。これは私どもだけでなく、夫婦それぞれの実家筋も、まず宗教的な帰属意識はほぼありません。日本人の多くはそうで、「葬式仏教」などという言い方もあるくらいですね。

で、林家の代々の墓は青山墓地にありますが、もと菩提寺は増上寺の末寺であったものを、近年は仏教を廃して神道に変更しました。元来が、林の家は、深川にある深川神明社という神社の宮司をしていた家筋と本家分家の関係にあり、神道に変更するのには何の問題もありませんでした。しかし、私の両親の墓は、烏山の浄土真宗の寺にあって、これは一応仏教式で葬られています。

しかるに、息子はニューヨークに永住していて、多分日本には戻ってこないだろうと思われるし、娘はバプティスト派教会のアメリカ人牧師と結婚したので、その一家はみなクリスチャンです。こうなると、さて私どもの死後は、神道式か、仏式か、それともキリスト教式か、葬式ひとつとっても簡単なことではありません。そこで、いっそ無宗教で樹木葬にするか、海へ散骨するか、さまざまのオプションを想定し得るのですが、それとて、死んでしまった本人はどうにもなるものではありません。

多かれ少なかれ、こういうことがどなたにもあるかと思います。そのため、死後揉めないように、あるいは望まない葬式を出すのに莫大の費用がかかったとか、そういうことがないように、予め自分たちの「遺志」を明確にしておかなくてはなりません。

その前に、また前述のごとく、どうやって死ぬか、ということも想定しておく必要があります。

私どもは、夫婦とも、延命治療などはぜひやめてほしいと、そのように文書に残してあります。息子は医者ですが、アメリカ在住ですから、おそらく末期《まつご》の水を取るのは、息子ではないと思います。両親の死と葬儀などを経験して、思うことは、大げさな葬式などはまったく無用だということです。戒名なども、一切付けるに及ばない、それが私どもの考え方です。森鷗外に倣《なら》って申すならば、私は、死んでも「東京人林望」として葬られたいものと思っています。葬儀一切に、何十万も、どうかすると百万円を超えるような費用をかけるなど、じつにばかばかしい。

合理主義の権化と言われている私としては、死後も合理的に始末したい。だから自分として合理的でないと思うことはすべて之を廃してしまいたいのです。

そういうかれこれのことを、夫婦でよくよく話しあい、隅々まで考え抜いて、そうして文書で残して置くというのが、やはりもっとも望ましいことと思います。

迷惑をかけないために

こういう一切の始末については、仮に独身であっても同じことで、遺産管財人をあらかじめ指定して契約し、文書にして遺したりするなどして、なんらかの形で自分の死後の始末をどうするのかを決めておくことが必要です。そうしなければ周囲の人に迷惑をかけ、すっきりと「立つ鳥跡を濁さず」というわけにはいかなくなります。

かれこれ、あの人はさすがにちゃんとした死に方だった、周囲に迷惑をかけずに一身の始末をつけたな、と思われるようにしたいものです。

実はそれが定年後の作法として、もっとも肝要なることではなかろうかと思います。生きがいを持って暮らし、やるべきことは充分やって、「立つ鳥跡を濁さず」というふうにきれいに人生を終えることができれば、それこそ理想の大往生ですね。

しかして、死後に財産を巡って子々孫々が争うことがないよう、夫婦なり親子なりがちゃんと確認し合う。そうして始末すべきものは粛々と始末する。自分が道楽で集めたものを遺して死ねば、遺された人はどう始末していいか、本当に困るのです。自分が好きで集めたものを始末するのは辛いことですし、身を切られるような思いでもありますが、それをやらなくてはならない。それが定年後の最大の仕事です。

「孤」を保てなくなる時

この本は「コ（個・孤）」を保とうというところから説き起こしたのですが、とはいえ、病が重くなったり、あるいは認知症になったりすれば、どうしてもその「個（孤）」を保つことはむずかしい。団塊の世代である我々は数が多いため、社会のインフラがまだ充分でなく、数多く老人ホームなどができても、そこで面倒を見てくれる介護者に事欠くというのが現実です。ホームに入ったからとて、ちゃんと介護してもらえるかどうか、じつはおぼつかないところがありそうです。

とはいえ、それが嫌だからといって、自宅に拘泥《こうでい》すればそうなったで、配偶者や子孫に大きな負担をかけることは避けられません。ですからいやおうなく、しかるべき介護施設に入る道筋を作っておくことが、世のため人のためなのですが、それには、やはり相応の費用がかかります。となれば、その人生の最晩年の始末のために資産を残しておくということを、ぜひ考えなくてはなりません。

何の準備もせずに体が不自由になったからといって家族に丸投げでは、しまいに家族も疲弊してしまいます。面倒をみるほうもみられるほうも辛い。老老介護の揚げ句に、とうとう無理心中を図って晩節を汚すという現実も、しばしば見聞するところです。なんとかして、そういうことにならぬようにしたいものです。

私のように古典籍が財産の一つなら、元気なうちに、極力これを始末して現金に替え、老後死後の資金として遺す、そうではなくて、普通の洋装本がたくさんある、というような場合は、現今では売ってもほとんどお金にならないゆえ、ブックオフのようなところに持ち込むとか紙屑として処分するとか何らかの方法で処分しなくてはなりません。そういうことを（いかにやりたくなくても）しておかなくてはなりません。

いまだに葬儀埋葬についての結論は出ていませんが、私たち夫婦の会話も今は年中そのことばかり。もしもどちらかの体が弱ったら、老老介護はやめて施設にお願いする、その代わり、できるだけ人手の多い良い施設に入れるよう最善を尽くすということで話し合いはできていますし、実際に老人ホームを見てまわって、リサーチもしています。墓については、息子や娘たちともよく話しあっておかなくてはなりませんね。

おわりに——人生の扉の閉め方

私の亡父のように、元気で九十五歳まで長生きし、何の病気もせずにあっさりと埒《らち》を明けたというようなのは、まことに理想的往生ですが、そうなるまでには、私ども夫婦が晩年の父をずっとバックアップしてきたという現実があります。しかし、自分たちにとっては、そういうことは望めないだろうと、じつは思っています。

だから、ずっと元気で、病みつきもせず、苦しみもせず、元気なまま世の中から辞去する、そう逝きたいものですが、それは単なる理想です。

そうして、その死んだときには、蔵書などもみんなきちんと処分してあって、葬式代のみを遺して、あっさりと消えると行きたいものです。が、それは容易ではありません。

蔵書家としても知られる紀田順一郎さんは、人生仕舞いのために処分した蔵書は、四トントラック二台分にもなったそうです。その一切合切《いっさいがっさい》の本の始末について、紀田さんは著書『蔵書一代』（松籟社）のなかで、次のように書いておられます。

「いまにも降りそうな空のもと、古い分譲地の一本道をトラックが遠ざかっていく。私は、傍らに立っている妻が、胸元で小さく手を振っているのに気がついた。

その瞬間、私は足下が何か柔らかな、マシュマロのような頼りないものに変貌したような錯覚を覚え、気がついた時には、アスファルトの路上に俯《うつぶ》せに倒れ込んでいた。

「どうなさったんですか？　大丈夫ですか？」居合わせた近所の主婦が、大声で叫びながら駆け寄ってくる。

「いや、何でもありません。ただ、ちょっと転んだだけなんです」私はあわてて立ち上がろうとしたが、不様にも再び転倒してしまった。後で聞くと、グニャリと倒れたそうである。

小柄な老妻の、めっきり痩せた肩に意気地なくすがりながら、私は懸命に主なき家へと階段を登った」

まことに胸に迫る文章ですが、蔵書をなにより大切にしてきた人間として、この紀田さんの記述はまことに切実に感じられます。いつかは、自分もこういう思いに直面しなくてはいけないだろうと思いながら、さあ、では自分はどうやって、この厖大な蔵書に始末をつけようか、いつ、どんな形で……思いは果てしなく循環して、容易に答えは出ないままです。

たしかに、大切な書物から順に古書市に出品して世の中にお返ししつつあることはそのとおりですが、それとて、二万冊の蔵書のなかのほんの九牛の一毛に過ぎません。

いつかは、紀田さんのように、一切合切を始末するときが来る、それは意外に近々《きんきん》かもしれないなあ、などと思いながら、私はなんとかしてそれを上乗《じょうじょう》の首尾で乗り越えたいと、これは祈るような気持ちで自分と向かい合って自問自答しているところです。

人生の扉を開けるのは簡単です。生きていれば自然に身の回りの物も増えていきましょう。しかし、広げるのは簡単でも縮めるのは容易ではありません。

若いときに小さな家を買い、せっせと働いて、やがて大きな家に住む、そうやって発展していくことは、努力しさえすればいいわけですから、ある意味で簡単です。

でも逆に縮めていくというのは、楽しい仕事ではないだけ、実行するのは難しいのです。発展は誰にとっても嬉しく望ましく、苦労があってもそれを苦労だとは思わない。しかし、縮小するのは楽しくも望ましくもないことですから、そのための努力は本当に辛い努力です。

けれども、定年後はどうしたってその縮小していく局面に向かい合わなくてはなりません。人生の終わりはもう少し先だろうから、今はまだいいだろうと先延ばしにするのでなく、定年生活に入ったら毎日自分の人生の終末を見据えて、一日でも早く始末をつけていく、それが案外と惚けない秘訣なのかもしれません。

人生を諦めずに、老いてますます盛んという風に、健康に気を配り、日々に新しいことを身に付ける努力も重ねながら、一方で、人生の始末に心を砕く、こうしてプラスとマイナスと両方向に努力をしなくてはならない、というのが、若いころには想像もできなかった現実です。そうやって、老い込む一方ではなく、ある意味で老いを超越する気力と努力を心がけながら、しかし現実としての「人生じまい」にも、おさおさ怠りなく努力をする、つまり人生は、最後の最後まで努力の積み重ねなのだなと、つくづく思っているところです。

ちくま新書
1537

定年後《ていねんご》の作法《さほう》

二〇二〇年一二月一〇日　第一刷発行

著　者　林望（はやし・のぞむ）

発行者　喜入冬子

発行所　株式会社　筑摩書房
東京都台東区蔵前二-五-三　郵便番号一一一-八七五五
電話番号〇三-五六八七-二六〇一（代表）

装幀者　間村俊一

印刷・製本　三松堂印刷　株式会社

ISBN978-4-480-07337-2 C0295

1043
新しい論語
小倉紀蔵
『論語』はずっと誤読されてきた。それは孔子をシャーマンとして捉えてきたからだ。アニミズム的世界観に基づく新解釈を展開。東アジアの伝統思想の秘密に迫る。

1079
入門　老荘思想
湯浅邦弘
俗世の常識や価値観から我々を解き放とうとする「老子」と「荘子」の思想。新発見の資料を踏まえてその教えをじっくり読み、謎に包まれた思想をいま解き明かす。

1099
日本思想全史
清水正之
外来の宗教や哲学を受け入れ続けてきた日本人。その根底に流れる思想とは何か。古代から現代まで、この国のものの考え方のすべてがわかる、初めての本格的通史。

1139
無学問のすすめ
――自分の頭で考える思想入門
伊東祐吏
「学問」にとらわれず、自分で考える素人たれ！　小林秀雄、吉本隆明、アーレントなどの著作を批判的に読解し、「無学問」を説く。タブーに切り込む一冊！

1213
農本主義のすすめ
宇根豊
農は資本主義とは相いれない。社会が行き詰まり、自然が壊れかかっているいま、あらためて農の価値を見つめ直す必要がある。戦前に唱えられた思想を再考する。

1272
入門　ユダヤ思想
合田正人
世界中に散りつつ一つの「民族」の名のもとに存続するユダヤ。居場所とアイデンティティを探求するその英知とは？　起源・異境・言語等、キーワードで核心に迫る。

1292
朝鮮思想全史
小倉紀蔵
なぜ朝鮮半島では思想が炎のように燃え上がるのか。古代から現代韓国・北朝鮮まで、さまざまに展開されてきた思想を霊性的視点で俯瞰する。初めての本格的通史。

ちくま新書

601
法隆寺の謎を解く
武澤秀一

世界最古の木造建築物として有名な法隆寺は、創建・再建の動機を始め多くの謎に包まれている。その構造から古代史を読みとく、空間の出来事による「日本」発見。

618
百姓から見た戦国大名
黒田基樹

生存のために武器を持つ百姓。領内の安定に配慮する大名。乱世に生きた武将と庶民のパワーバランスとは――。戦国時代の権力構造と社会システムをとらえなおす。

650
未完の明治維新
坂野潤治

明治維新は〈富国・強兵・立憲主義・議会論〉の四つの目標が交錯した「武士の革命」だった。それは、どう実現されたのだろうか。史料で読みとく明治維新の新たな実像。

692
江戸の教育力
高橋敏

江戸の教育は社会に出て困らないための、「一人前」になるための教育だった！　文字教育と非文字教育が一体化した寺子屋教育の実像を第一人者が掘り起こす。

702
ヤクザと日本
――近代の無頼
宮崎学

下層社会の人々が生きんがために集まり生じた近代ヤクザ。格差と貧困が社会に亀裂を走らせているいま、ヤクザの歴史が教えるものとは？

713
縄文の思考
小林達雄

土器や土偶のデザイン、環状列石などの記念物は、縄文人の豊かな精神世界を語って余りある。著者自身の半世紀近い実証研究にもとづく、縄文考古学の到達点。

734
寺社勢力の中世
――無縁・有縁・移民
伊藤正敏

最先端の技術、軍事力、経済力を持ちながら、同時に、国家の論理、有縁の絆を断ち切る中世の「無縁」所。第一次史料を駆使し、中世日本を生々しく再現する。

791
日本の深層文化
森浩一
稲と並ぶ隠れた主要穀物の「粟」。田とは異なる豊かさを提供してくれる各地の「野」。大きな魚としてのクジラ。——史料と遺跡で日本文化の豊穣な世界を探る。

895
伊勢神宮の謎を解く
——アマテラスと天皇の「発明」
武澤秀一
伊勢神宮をめぐる最大の謎は、誕生にいたる壮大なプロセスにある。そこにはなぜ、二つの御神体が共存するのか？神社の起源にまで立ち返りあざやかに解き明かす。

933
後藤新平
——大震災と帝都復興
越澤明
東日本大震災後の今こそ、関東大震災からの復興を指揮した後藤新平に学ばねばならない。都市計画研究の第一人者が、偉大な政治家のリーダーシップの実像に迫る。

948
日本近代史
坂野潤治
この国が革命に成功し、わずか数十年でめざましい近代化を実現しながら、やがて崩壊へと突き進まざるをえなかったのはなぜか。激動の八〇年を通観し、捉えなおす。

957
宮中からみる日本近代史
茶谷誠一
戦前の「宮中」は国家の運営について大きな力を持っていた。各国家機関の思惑から織りなされる政策決定を見直し、大日本帝国のシステムと軌跡を明快に示す。

1002
理想だらけの戦時下日本
井上寿一
格差・右傾化・政治不信……戦時下の社会は現代に重なる。その時、日本人は何を考え、何を望んでいたのか？体制側と国民側、両面織り交ぜながら真実を描く。

1034
大坂の非人
——乞食・四天王寺・転びキリシタン
塚田孝
「非人」の実態は、江戸時代の身分制だけでは捉えられない。町奉行所の御用を担っていたことなど意外な事実を明らかにし、近世身分制の常識を問い直す一冊。

ちくま新書

888 世界史をつくった海賊　竹田いさみ
スパイス、コーヒー、茶、砂糖、奴隷……歴史の陰には、常に奴らがいた。開拓の英雄であり、略奪者で厄介者でもあった〝国家の暴力装置〟から、世界史を捉えなおす！

932 ヒトラーの側近たち　大澤武男
ナチスの屋台骨である側近たち。ゲーリング、ヘス、ゲッベルス、ヒムラー……。独裁者の支配妄想を実現、ときに強化した彼らは、なぜ、どこで間違ったのか。

935 ソ連史　松戸清裕
二〇世紀に巨大な存在感を持ったソ連。「冷戦の敗者」「全体主義国家」の印象で語られがちなこの国の内実を丁寧にたどり、歴史の中での冷静な位置づけを試みる。

994 やりなおし高校世界史 ——考えるための入試問題8問　津野田興一
世界史は暗記科目なんかじゃない！　大学入試を手掛かりに、自分の頭で歴史を読み解けば、現在とのつながりが見えてくる。高校時代、世界史が苦手だった人、必読。

1019 近代中国史　岡本隆司
中国とは何か？　その原理を解く鍵は、近代史に隠されている。グローバル経済の奔流が渦巻きはじめた時代から、激動の歴史を構造的にとらえなおす。

1080 「反日」中国の文明史　平野聡
文明への誇り、日本という脅威、社会主義と改革開放、矛盾した主張と強硬な姿勢……。驕る大国の本質を悠久の歴史に探り、問題のありかと日本の指針を示す。

1082 第一次世界大戦　木村靖二
第一次世界大戦こそは、国際体制の変化、女性の社会進出、福祉国家化などをもたらした現代史の画期である。戦史的経過と社会的変遷の両面からたどる入門書。

ちくま新書

064 **民俗学への招待** 宮田登

なぜ私たちは正月に門松をたて雑煮を食べ、晴着を着るのだろうか。柳田国男、南方熊楠、折口信夫などの民俗学研究の成果を軸に、日本人の文化の深層と謎に迫る。

085 **日本人はなぜ無宗教なのか** 阿満利麿

日本人には神仏とともに生きた長い伝統がある。それなのになぜ現代人は無宗教を標榜し、特定宗派を怖れるのだろうか？　あらためて宗教の意味を問いなおす。

445 **禅的生活** 玄侑宗久

禅とは自由な精神だ！　禅語の数々を紹介しながら、言葉では届かない禅的思考の境地へ誘う。窮屈な日常に変化をもたらし、のびやかな自分に出会う禅入門の一冊。

615 **現代語訳　般若心経** 玄侑宗久

人はどうしたら苦しみから自由になれるのか。言葉や概念といった理知を超え、いのちの全体性を取り戻すための手引を、現代人の実感に寄り添って語る新訳決定版。

783 **日々是修行** ——現代人のための仏教一〇〇話 佐々木閑

仏教の本質とは生き方を変えることだ。日々のいとなみの中で智慧の力を磨けば、人は苦しみから自由になれる。科学の時代に光を放つ初期仏教の合理的な考え方とは。

936 **神も仏も大好きな日本人** 島田裕巳

日本人はなぜ、無宗教と思いこんでいるのか？　神道と仏教がどのように融合し、分離されたか、その歴史をたどることで、日本人の隠された宗教観をあぶり出す。

1081 **空海の思想** 竹内信夫

「密教」の中国伝播という仏教の激動期に入唐した空海は何を得たのだろうか。中世的「弘法大師」信仰を解体し、空海の言葉に込められた「いのちの思想」に迫る。

744
宗教学の名著30
島薗進
哲学、歴史学、文学、社会学、心理学など多領域から宗教理解、理論の諸成果を取り上げ、現代における宗教的なものの意味を問う。深い人間理解へ誘うブックガイド。

956
キリスト教の真実
――西洋近代をもたらした宗教思想
竹下節子
ギリシャ思想とキリスト教の関係を検討し、近代ヨーロッパが覚醒する歴史を辿る。キリスト教という合せ鏡をとおして、現代世界の設計思想を読み解く探究の書。

1048
ユダヤ教　キリスト教　イスラーム
――一神教の連環を解く
菊地章太
一神教が生まれた時、世界は激変した！「平等」「福祉」「不寛容」などを題材に三宗教のつながりを分析し、現代の底流にある一神教を読み解く宗教学の入門書。

1170
宗教に関心がなければいけないのか
小谷野敦
宗教に関心を持ちきれなかった著者による知的宗教遍歴から、道徳、死の恐怖との向き合い方まで、「宗教にぴんと来ない人」のための宗教入門ではない宗教本！

1227
ヒトと文明
――狩猟採集民から現代を見る
尾本恵市
人類はいかに進化を遂げ、文明を築き上げてきたか。遺伝人類学の大家が、人類の歩みや日本人の起源を多角的に検証。狩猟採集民の視点から現代の問題を照射する。

1285
イスラーム思想を読みとく
松山洋平
「過激派」と「穏健派」はどこが違うのか？　テロに警鐘を鳴らすのでも、平和な宗教として擁護するのでもない、イスラームの対立構造を浮き彫りにする一冊。

1286
ケルト　再生の思想
――ハロウィンからの生命循環
鶴岡真弓
近年、急速に広まったイヴェント「ハロウィン」。この祭りに封印されたケルト文明の思想を解きあかし、古代ヨーロッパの精霊を現代へよみがえらせる。

ちくま新書

399
教えることの復権
大村はま・苅谷剛彦・夏子

詰め込みかゆとり教育か。今再びこの国の教育が揺れている。教室と授業に賭けた一教師の息の長い仕事を通して、もう一度正面から「教えること」を考え直す。

1026
ユダヤ人の教養
――グローバリズム教育の三千年
大澤武男

グローバルに活躍するユダヤ人。ノーベル賞受賞、世界企業の創業、医師や弁護士……。輝かしい業績を生む彼らの教養・教育への姿勢と実践を苦難の歴史に探る！

1239
知のスクランブル
――文理的思考の挑戦
日本大学文理学部編

文系・理系をあわせ持つ、文理学部の研究者たちが結集。18名の研究紹介から、領域横断的な「知」の可能性が見えてくる。執筆者：永井均、古川隆久、広田照幸ほか。

1339
オカルト化する日本の教育
――江戸しぐさと親学にひそむナショナリズム
原田実

偽史・疑似科学にもとづく教育論が、教育行政に影響を与えている。欺瞞に満ちた教えはなぜ蔓延したのか。嘘がばれているのに、まかり通る背景には何があるのか。

1354
国語教育の危機
――大学入学共通テストと新学習指導要領
紅野謙介

二〇二一年より導入される大学入学共通テスト。高校国語教科書の編集に携わってきた著者が、そのプレテスト問題を分析し、看過できない内容にメスを入れる。

1386
大学の未来地図
――「知識集約型社会」を創る
五神真

高等教育機関たる大学は知の集積拠点である。価値創造の上でも力を発揮する大学は、日本の未来にとっても重要な役割を果たす。その可能性を説く新時代の大学論！

1451
大学改革の迷走
佐藤郁哉

シラバス、ＰＤＣＡ、ＫＰＩ……。大学改革にまつわる政策は理不尽、理解不能なものばかり。なぜそういった改革案が続くのか？　その複雑な構造をひもとく。

ちくま新書